보이저 통신

손국복 제4시집

청어 도서출판

보이저 통신

손국복 제4시집

왜 보이저 통신인가?

아무도 모른다. 저 우주의 깊이를.

생성과 팽창, 소멸과 재탄생, 모두가 신비다.

내가 알고 있다는 얕은 과학, 인문학적 사실이

완벽한 착각이라는 전제하에

보고 듣고 만지고 느끼는 얕은 감각과 인지를 총 동원하여

살아 있는 동안의 세상, 별, 사람이야기를

무변광대 우주를 항해하고 있는

보이저호가 보내온 통신의 눈과 귀로 담아내고 싶었다.

손바닥에 모래 한 알 올려놓고 세상의 이치니 우주의
원리니

아는 체 까부는 내가 가소롭기도 하지만 어쩌랴

사막을 건너고 피안에 닿으려면 걷지 않고는 무슨 답이 있
으랴.

시는 어차피 비유와 상징의 판타지가 아니던가.

별 찾는 어린 왕자가 되어.

갑진년 봄, 해누리에서.

차례

5   시작 노트
        왜 보이저 통신인가?

봄

14   보이저 통신 1 ‒도전과 개척
16   보이저 통신 2 ‒지구
17   보이저 통신 3 ‒한순간
18   보이저 통신 4 ‒태양
19   보이저 통신 5 ‒천명
20   보이저 통신 6 ‒홍매화
21   보이저 통신 7 ‒추억
22   보이저 통신 8 ‒인류
24   보이저 통신 9 ‒북극성
25   보이저 통신 10 ‒윤회
26   보이저 통신 11 ‒호모 사피엔스
28   보이저 통신 12 ‒사계

29   보이저 통신 13 -석류꽃

30   보이저 통신 14 -별자리

31   보이저 통신 15 -그 자리

32   보이저 통신 16 -하현달

33   보이저 통신 17 -손과 손

34   보이저 통신 18 -태양계 너머 첫 별

35   보이저 통신 19 -백리 벚꽃

36   보이저 통신 20 -노래

37   보이저 통신 21 -제내리 봄밤

38   보이저 통신 22 -봄비

여름

40 보이저 통신 23 -반딧불이 통신

41 보이저 통신 24 -수레바퀴 아래

42 보이저 통신 25 -견우·직녀

43 보이저 통신 26 -흔적

44 보이저 통신 27 -별과 섬 사이

45 보이저 통신 28 -코☆스☆모☆스

46 보이저 통신 29 -사랑

47 보이저 통신 30 -로켓 발사대

48 보이저 통신 31 -집

49 보이저 통신 32 -합천 장날

50 보이저 통신 33 -길

가을

52　　보이저 통신 34 -합천 운석 충돌구

54　　보이저 통신 35 -고향

55　　보이저 통신 36 -초가을 밤

56　　보이저 통신 37 -신안암

57　　보이저 통신 38 -가을 함벽루

58　　보이저 통신 39 -악수

59　　보이저 통신 40 -홍시

60　　보이저 통신 41 -하늘 별정원

61　　보이저 통신 42 -향일암 오르며

62　　보이저 통신 43 -슬픈 계절

63　　보이저 통신 44 -사랑 노래

64　　보이저 통신 45 -휴식

65　　보이저 통신 46 -별꽃 축제

겨울

68   보이저 통신 47 -지나간다

69   보이저 통신 48 -근황

71   보이저 통신 49 -도전

72   보이저 통신 50 -별의 시간

73   보이저 통신 51 -성탄 전야

74   보이저 통신 52 -달무리

75   보이저 통신 53 -별의 길

76   보이저 통신 54 -보이저 남은 시간

77   보이저 통신 55 -이별

78   보이저 통신 56 -욕망

79   보이저 통신 57 -대물림

80   보이저 통신 58 -어찌 다

81   보이저 통신 59 -대멸종

82   보이저 통신 60 -쇠기러기

다시 봄

86   보이저 통신 61 -다시 북극성

87   보이저 통신 62 -그리운 보이저

88   보이저 통신 63 -제2 고향 합천

90   보이저 통신 64 -입춘 소묘

91   보이저 통신 65 -환생

92   보이저 통신 66 -상처

93   보이저 통신 67 -오리온좌

94   보이저 통신 68 -절망의 시간들

96   보이저 통신 69 -설국 열차

97   보이저 통신 70 -어머니, 혼자 가는 길

98   보이저 통신 71 -전쟁

99   보이저 통신 72 -친구들

100   보이저 통신 73 -작은 미련

102   보이저 통신 74 -다시 시리우스

104   보이저 통신 75 -앙코르 와트 일출

106   보이저 통신 76 -시집

108   보이저 통신 77 -때가 왔다

110   평설 (이달균 시인)
       보이저호와의 교신, 깨달음에 이르다

봄

보이저 통신 1
-도전과 개척

나는 지금 성간 우주를 날고 있다
헬리오시스 이곳은
춥고 어둡고 외롭고 두렵다
회오리 목성
오색 목걸이 토성
천왕성 해왕성 얼음골 지나
수많은 행성과 떠돌이별 사이로
아버지 어머니 얼굴 가물가물 보인다

창백한 푸른 별 떠나온 지
사십오 년
태어나 죽고 다시 사는 우리별
아름다운 풍경
수많은 언어
노래와 아기 울음
우주에 전하고자
내 몸에 칩을 박고
마지막 사력 다하고 있다
용맹한 호기심으로 무장한 처녀비행이
차라리 가뿐하다
어차피 한 번 살다 먼지로 흩어질 몸
보이저-

나의 이름처럼
도전자 개척자 되어
영원한 자유와 해방구를 찾아
나선지도 모른다
종착점이
시리우스가 될지 센타우리로 갈지
나도 모른다
돌아가지 않으리
싸우고 뺏고 미워하다 죽어가는
인간 세상보다
평등하고 결핍 없는 무변광대
칠흑의 밤이 오히려
평온하다

알 수 없지
천운이 닿아
은하 어느 별에서
무지개 탄 외계인을 만나
지친 방문객을 환대해 줄
기적
일어날지는.

보이저 1·2호: 1977년 미
국 우주항공국(NASA)에서
발사한 심우주 탐사선. 현
재 태양계를 벗어나 성간우
주를 항해하고 있다.

보이저 통신 2
-지구

멀리서 보면
우리 사는 지구도
한 점 콩알
창백한 푸른 별
그 속에 바삐 시간을 쪼개고
공간을 나누어
밥그릇 앞에 놓고
그나마 연명하는 목숨
혼자 잘 살겠다고
훔치고 때리고 죽여
피바다 만드는 행성
용광로 같은 화산
백악기 말 행성 충돌
다섯 번의 대멸종 시련 끝에
마지막 건진 사피엔스 사피엔스
더 이상 다투지 말아
보석같이 작고 귀한
우리 땅
우리 별
고이 지켜 가기를.

보이저 통신 3
– 한순간

뛰지 마라
싸우지 마라
마라 마라 마라 제발
먼지야 공이야
돈도 명예도 사랑도
찰나야
투탕카멘 황금가면
엘리자베스 권좌도
한순간
머스크 버핏 빌 게이츠
주식도 휴지조각
세끼 밥 제때 못 먹는
가련한 낭인
공자 석가 예수
참새가 보면 웃을 일
사십오억 살 태양 할배가
한 말씀하신다
오늘에 살다 가라.

투탕카멘: 이집트 신왕국
12대 파라오(왕)

보이저 통신 4

-태양

별 지고 해가 뜬다
암흑 세상 걷어내고
찬란한 해가 뜬다
우주의 귀한 선물
푸른 별 지구 위에
용광로 불덩어리
태양신이 떠오른다
천지신명 일월성신
위대한 해가 뜬다
자신을 태워 만물을 기르는
영롱한 그대
초근목피 삼라만상
생명의 시원이여
유라시아 곤드와나
오대양 육대륙
구석진 응달에도
차별 없이 보시하는
거룩한 하늘이여
한없이 경배해도
모자란 은혜여.

곤드와나 대륙: 현재 지구의 남반구 전체를 포함하던 고대 초대륙.

보이저 통신 5
-천명

누구나 마음속에
별 하나 품고 살지
빨강 파랑 보라
그리움 안고 살지
젊은 시절 청색 왜성
황혼의 적색 거성
제 빛깔 제 크기로
소망 하나 품고 살지.

길은 여러 갈래
선택이든 딸려가든
멀리 보면 천명이라
아쉬움 가득한
매 순간 순간들이
회한의 별빛으로
스러지는 밤
식어가는 저 별 바라며
눈시울 붉히지.

보이저 통신 6
-홍매화

봄 뜨락에 별
홍
매
화
언 가슴에 불
따숩다
눈부시다.

보이저 통신 7
-추억

별만큼 멀리 있고
별만큼 또 가까운
추억이여 사랑이여
별 이름 새기듯
하나 둘 불러본다
구름 가려 희미해진
별빛처럼
자꾸만 아득해지는
사람이여 이름이여
열 폭풍 쏟아내는
초신성 별밭 언덕
불 꺼진 백색 왜성으로
식어가는 새벽녘에
하얗게 탈색되는
백골이여 영혼이여
달무리 희뿌옇게
밤하늘 덮고 있다.

보이저 통신 8
-인류

인간 나이 수십 년
별 나이 수억 년
페름기 대멸종
쥐라기 지나
아프리카 평원 낙원의 땅에
두 발 딛고 바로 선
오스트랄로피테쿠스
공자 맹자 아담과 하와
케사르 클레오파트라
명멸하는 이름들이
불과 수천 년
피라미드 마추픽추
석굴암 다보탑
인류의 유산
메콩강 고기 잡는 어부
미얀마 카렌족
합천 골짝 선남선녀
주어진 시간 고작 일백 년
우주 나이로 새 발의 피
악어같이 억세고
상어같이 용맹하게
살아남은 인류

식지 않는 태양 아래
우리는 누구?

페름기: 약 2억 5천만 년 전
고생대 마지막 시기. 빙하
가 발달되어 있었으나 급
속한 지구 온난화로 빙하
는 소멸되고 중생대 온난
습윤기로 바뀜. 지구 생명
체의 80%가 대멸종된 것
으로 밝혀짐.

쥐라기: 약 2억 년부터 1억
5천만 년 전 중생대 두 번
째 시기. 공룡들이 본격적
으로 거대하게 진화하기
시작함.

오스트랄로피테쿠스: 현생
인류의 조상으로 믿어지는
약 3백만 년 전 고대 화석
인류.

보이저 통신 9
-북극성

여름밤 은하수 견우 직녀성
겨울밤 오리온좌 베텔게우스
화려한 일등성 뜨고 지는데
북쪽 하늘 폴라리스
이등성 붙박이별
고개 들어 바라보면
그때 그 자리
정처 없이 떠돌다 돌아온 집
말없이 밥 챙기며 눈물 훔치시던
어매 눈빛별
헛기침 돌아눕는
속 깊은 아비별
평생을 그 자리 그대로 앉아
대청마루 지키시던
종손 같은 별
세파에 시달리며 흔들리는 몸
요지부동 잡아주는
등대 같은 별.

│ 폴라리스: 북극성.

보이저 통신 10
-윤회

우주는 넓고 꿈은 푸르다
할 일은 많고 시간은 없다
석양 바라보는
초조한 하루하루
지혜의 바다는 끝이 없고
몸은 삭아간다
시간 많다고
무슨 보탬 있나
밥만 축내다 떠나가는 생
그만두자
그만해도 됐다
식어가는 몸 구석구석
수-산-탄-질-인-칼
뿔뿔이 흩어져 어느 별
새롭게 태어날 신성
먼지로 스며
물이 되고 불이 되어
윤회하기를.

보이저 통신 11
-호모 사피엔스

유황불 지옥 지나
푸른 초원
횃불 돌칼 들고 정글 헤쳐 간다
지구 나이 사십오억
현생 인류 이십만 년
뇌용량 일천오백
직립보행 끈질긴 유인원
걷고 걸었다
백악기 공룡
툰드라 매머드 사라진 땅에
일만 년 찬란한 문명 속을
용맹히 돌진한다
지상이 좁아
달나라 별나라 머나먼 우주 향해
허블 제임스 웹 보이저 쏘아 올린다
다섯 번 대멸종과 빙하
지진과 화산 틈 사이 용케도 버텨온
지상 최고 고등생명
호모 사피엔스
일억 팔천만 년 살아낸 공룡의 시간이
행운으로 주어진다면
똑똑한 사피엔스

프록시마 센타우리 알파
푸른 별나라로
우주여행 티켓 팔지 않을지.

보이저 통신 12
-사계

행성 테이아 우리별 때린 후로
달을 낳고 자전축 기울어져
그 덕에 사계 생겨
겨울 가고 봄이 온다
천문 과학이야 끝이 없는 길이지만
꽃 피는 봄이 좋아
태양에게 고맙구나
천운을 타고 푸른 별
인간으로 태어나서
온누리 아름다움
밤낮으로 받고 사니
사람살이 고맙구나
겨우내 견딘 꽃맹아리
춘신 받아 꼬물대니
변화무쌍 지구촌 마을
간만에 활기 도네.

보이저 통신 13

-석류꽃

빈집에 개 한 마리
땡볕에 묶여있다.
주인은 간데없고
낯선 객이 반가운지
꼬리를 살랑살랑
집 뒤 염소 우리
새끼 염소 한 마리가
철망에 뿔이 걸려
아등바등 난리 났다
겨우 목을 빼어주니
고맙다고 매음매음
지켜보는 타조 긴 목
잘한다고 끄덕끄덕
개와 염생이 타조 인간
별처럼 고독한 외로운 존재
말없이 주고받는
무언의 교감 보고
발그란 석류 아가씨
입가에 웃음 가득.

보이저 통신 14
-별자리

계절이 바뀌자
별자리도 변한다
봄 오는 길목에서
금성 목성
서편으로 돌아눕고
한겨울 찬란했던
오리온 다이아몬드
그 빛도 바랜다
북극성 그 자리
그대로 의연한데
큰곰 북두칠성
기지개를 켜는구나
이제 막 잠에서 깬
목동 아크투루스가
봄처녀 스피카 생각이 나서
밤마실 조심스레 나서는구나
실타래 얽혀진 하늘 미로를
용케도 제 갈 길
찾아가는구나.

보이저 통신 15

-그 자리

백수 제왕 사자
지상 최대 코끼리
바다 폭군 백상아리
최고 생존 곰벌레
고등 아이큐 사피엔스
모두가 지구 동물
짧게는 수개월
길게는 수백 년
오로지 생존 위해
투쟁하다 죽어가는
가여운 목숨
봄이면 터져나는
새싹과 꽃을 보며
쉬었다 다시 피는
다년 초목 지혜 보며
풀꽃보다 잘난 것 없는
초라한 한 인간이
복수초 노란 꽃술
인동초 푸른 잎새
경건히 입 맞춘다
수억 년 그 자리
침묵으로 지켜내는
일월성신 경배한다.

보이저 통신 16
-하현달

사랑은 사치다
팽팽히 밀고 당기는
차가운 세상에서
사랑은 허깨비다
물고 물리다
조금만 멈칫거려도
어둠이 빨아간다
꽃 피고 새 지저귀는
봄날이 그립다
찰나의 한순간
먼지 같은 삶일지라도
시기하고 질투하며
엉켜 사는 사람세상
오늘따라 보고프다
사랑이 사치요
허상일지라도
미워하다 죽어가는
인간세상 그립다
초삼월 하현달
갈 길이 바쁘구나.

보이저 통신 17
-손과 손

용인 명자화 분재원 사랑곳
흰수염 심원장
손끝에 봄냄새 난다
꽃말처럼 신뢰 가고
겸손한 사람
다듬어 꽃 피우는
그의 손이 마술이다
이웃 별난수목원 정원장
인연은 신묘하여
태어난 곳이 바로
내가 사는 해누리 우리집
바로 위 제내교회
열다섯까지 살다
대구에서 용인으로 정착했다니
우연치고 기묘하다
덥석 잡은 손에
흙내음 가득하다
삼십 년 가꾸어 온
나무 하나 샛길 하나
손 안 간 데 없다
그의 손이 바위다
칠십 년 단련한 망치 손
식지 않은 운석이다.

보이저 통신 18
-태양계 너머 첫 별

프록시마 센타우리
너의 별에도 봄이 왔니
광속으로 사 년 육 월
머나먼 길이지만
무엔지 친구 같은
어쩐지 연인 같은
친숙한 이름
그곳에도 우리처럼
꽃도 피고 새가 우니
해도 뜨고 달도 뜨니
저 멀리 북극성
달빛 아래 반짝이니
푸른 별 우리 땅엔
비 내리고 산 푸러
신록 빛나는데
기약 없이 만날 날
기다리고 있으마.

프록시마 센타우리: 태양계
에서 가장 가까운 항성. 태
양에서 4.6광년 떨어져 있
는 적색 왜성(red dwarf)
의 별.

보이저 통신 19
-백리 벚꽃

햇살 부서져 꽃이 되었나
달빛 스미어 꽃이 되었나
사월 초하루
석양과 샛별 교차되는 시간
황강변 백리 벚꽃
팝콘처럼 부풀어 오른
숫처녀 가슴
화무십일홍
화려한 축제 뒤에 흩어질
허무한 아름다움일지라도
꽃이여
비워서 다시 채우는
섭리는 신비하여라
자연은 위대하여라.

보이저 통신 20
-노래

심해 바다에는
향유고래 숨소리
심우주 공간에는
블랙홀의 절규
봄비 오는 지상에는
이연실의 찔레꽃.

보이저 통신 21
-제내리 봄밤

초승달 비너스 데리고
일찍 잠자리 청하는 밤
걱정이 태산이라
평생을 품에 끼고
새끼 곰 지키는
어미 큰 곰 북두칠성
일곱 눈 반짝인다
봄밤은 아늑하여
천지가 고요한데
동네 처녀 꼬시는
초동의 피리소리
멀리서 훼방 놓는
소쩍새 휘파람
솟~적~다~솟~적.

보이저 통신 22

-봄비

그곳에 비는 오나요?
꽃은 피나요?
새가 우나요?
은하와 은하 사이
강물은 흐르나요?
홀로 선 나무에도
흐르는 달빛에도
외로움 젖는 봄밤
초목 잠잠하고
별빛은 은은한데
저 멀리 들려오는
구슬픈 트럼펫 연주
소쩍새 머리맡에
배롱나무 잎새 위로
떨어지는 빗소리
메마른 영혼들이
구원받는 자장가.

여름

보이저 통신 23
-반딧불이 통신

지리한 장마 끝에
귀한 별이 떴다
북두칠성 일곱 개
북극성 목동 아크투루스
처녀자리 스피카는
벌써 서편 기우는구나
고개 들어 천정 보니
이산가족 견우 직녀
칠월칠석 상보 위해
오작교 공사 시작하네
동쪽 하늘 백조 데네브
우아한 날갯짓으로
달빛 휘젓는 밤
뻐꾸기 우렁찬 목소리
온 산을 호령한다
마스 익스프레스 우주선이
화성에서 보내온
푸른 점 지구 사진 한 장
반딧불이 배꼽 렌즈에 붙어
반짝반짝 여름 야경
연신 찍어 나르는구나.

보이저 통신 24
-수레바퀴 아래

유월 초아흐레
현재 시간 자정
개구리 합창 요란하다
뉴욕 낮 열한 시
런던 오후 네 시
시드니 새벽 한 시
콩알 한 점 지구 땅에
시간도 가지가지
숙면에 빠진 사람
땀 뻘뻘 일하는 사람
배고파서 우는 사람
배불러서 죽는 사람
칠십억 인간 군상
제 몫만큼 살아간다
풍요한 내일 위해
가족의 안녕 위해
살 태우고 뼈를 깎는
생존 게임 치열하다
선택할 수 없는 탄생
풀리지 않는 명제
숙명의 열차는
해와 달 수레바퀴에 얹혀
쉼 없이 굴러간다.

보이저 통신 25
-견우·직녀

수많은 저 별들은
누굴 찾아 불 밝히나
수천억 저 은하는
어디로 흐르는가
여름밤 하늘 또렷
견우와 직녀
수십 광년 멀어진 이별이 아파
은하수 강가에서
눈물 보태는 밤
태양보다 크고 빛나는
날갯짓으로
두 연인 해후 바래 순풍 보내는
백조 데네브 고운 마음이
당신 위해 울고 있다는
칸초네 여왕 밀바
서글픈 사랑으로 울려 번지는
사랑의 세레나데
심금 울리는 아다모 상송 타고
금세라도 눈이 내릴 것 같은
8월의 크리스마스
붉고 흰 별 별 별
알타이르 베가 데네브.

독수리자리 알타이르(견우성), 거문고자리 베가(직녀성), 백조자리 데네브는 여름밤 은하수를 두고 삼각형을 이루는데, 이 여름의 대삼각형과 은하수는 1년의 별자리 중에서도 가장 눈에 잘 띄고 화려한 편이다. 오작교 전설로 잘 알려져 있다.

보이저 통신 26
-흔적

민달팽이 느리게
기어갑니다
찐득하게 붙어 온 길
천천히 버리고 갑니다
검푸른 힘줄 담쟁이
꼭 잡은 손 슬며시
풀어집니다
이별은 다시 만날
약속입니다
범나비 날갯짓에
시간이 털립니다
허공 날리는 화려한 유혹
빛바랜 망사 걸치고
별을 따라갑니다
팽창하는 별
뒤돌아보지 않는 빛의 발자국엔
타 버린 과거와
희뿌연 먼지만 자욱합니다.

보이저 통신 27
–별과 섬 사이

하늘바다 숱한 저 별
망망대해 섬이다
표류하는 난파선 잡아주는
희미한 불빛
순항 바라며 항구 떠난 배
폭풍에 휘말리고
난기류 부대껴
돛 부러지고 닻은 끊어져
오도 가도 못하는 밤
칠흑 저 멀리
가물가물 북극성
떠나온 보금자리
무슨 소용 있으랴
두고 온 부귀영화
한낱 구름 아니던가
하늘 바다 여기저기
크고 작은 섬
무인도 모래톱에
몇 개 남긴 발자국조차
파도가 쓸어버린
유령의 모래성.

보이저 통신 28
-코☆스☆모☆스

농부는 밭을 갈고
시인은 시를 쓴다
의사는 병 고치고
장의사는 염을 한다
병 고치는 의사도
염습하는 장의사도
수의 입고 떠난다
영생을 꿈꾸던 진시황도
떠났다
꽃아 너는 누구니
새야 너는 우니 웃니
사람아 너는 어디서 왔다
어디로 가는 거니
진화로는 설명 못 할
신의 영역
창조의 신화
별아 너는 언제 태어났니
하나님 당신은
어디 살고 있나요
각양각색 영혼이
뒤섞여 사는 곳
코☆스☆모☆스
내가 머물 주소는
몇 번지인가요?

칼 세이건의 『코스모스』:
은하와 은하 사이 빈 공간.
그 공간은 참으로 괴이하
고 외로운 곳이라서 그곳
에 있는 행성과 별과 은하
들이 가슴 시리도록 귀하
고 아름다워 보인다.

보이저 통신 29
-사랑

사랑은 떠돌이별
캄캄한 우주를 혼자 돌다가
아무도 모르게 숨어 돌다가
정해진 약속도 규칙도 없이
봄밤엔 가까이서
가을밤은 저 멀리서
맴돌고 맴돌다
연모의 큰 별에 깊이 빠져서
어느 날 예고 없이
작심을 하고
소신공양 심정으로
온몸 불살라
그대 향해 돌진한다
어차피 홀로목숨
별똥별 홀로사랑
까만 밤 유성처럼
사라지는 별.

보이저 통신 30
-로켓 발사대

외나로도 봉래산
편백나무 숲
수백 년 둥치에 로켓 엔진
비밀 숨었다
뾰족이 치솟은 수세가
우주센터 광장
나로 3호 발사대로 몰려
하늘 찌르고 있다
나로호 누리호 보이저호
인류의 비약
미래 향한 탐험과 도전
고흥반도 외진 바다
외나로도 편백 울창한 숲은
우주로 가는 비밀 병기창
온 산 빼곡히 로켓을 세워
우주의 푸른 기운
뭉쳐있었다.

보이저 통신 31
-집

개미도 집 짓고
벌도 집 짓고
사람도 집 짓고 산다
집 짓고 밥 먹고 새끼 낳고 산다
별아
너는 어디서 집 짓고 사니
은하수 앞에 두고
퀘이사 뒷산 삼아
하늘 궁전 사니
구름아
너는 좋겠다
집시처럼 떠돌다
천지강산 누비다
훌훌훌 옷 벗으면
흔적 없이 사라지니
남길 것이 없으니.

보이저 통신 32
-합천 장날

우주 팽창 일백삼십팔억 년
인간 나이 일백 살
찰나의 시간 속에
하루를 쪼갠다
백일홍 수줍은 미소 곁에
배롱꽃이 요염하다
화무십일홍
장수 인간 최고 백 살
주어진 시간표대로
굴삭기는 돌아가고
라이더는 쌩쌩 난다
꽃과 새 개미와 사람
간발의 시간차로
우주에서 또 만난다
한 톨 먼지 되어
블랙홀에 휘감긴다
오늘은 합천 장날
날이 푹푹 찌기 전에
꼬부랑 할머니
들깻순 다 팔고
어서 집에 가얄 텐데.

보이저 통신 33

-길

길짐승 다니는 샛길
날짐승 다니는 하늘길
무역선 가르는 뱃길
흐르는 바람길
별이 가는 황도
사람 걷는 인도
주어진 섭리대로
길 나선다
때로는 둘러가고
할 수 없어 돌아가고
쉬었다 다시 걷다
다다른 종점
꽃 좋은 봄날 지나고
혹서의 여름 견디면
서늘한 가을
나목의 겨울 앞에 서서
한숨 쉬고 뒤돌아보면
지나온 모든 길이
깨알 같은 몸부림
다람쥐 쳇바퀴.

가을

보이저 통신 34
-합천 운석 충돌구

떠돌이별 하나
돌고 돌다가
어두운 하늘 골목
떠돌고 떠돌다가
지치고 힘들어 주저앉은 밤
한 생 마감할 순간을 알고
미련 없이 미련 없이
산화할 곳 찾다
한반도 합천 땅 드넓은 초계
대암 국사 미타 단봉산
그 이름 유서 깊은 명당을 골라
직경 이백 미터
순간 초속 삼십 킬로
육중한 몸을 끌고
돌진을 시도한다
희미하게 태어나
이리저리 채이다가
흔적 없이 사라지는
무명 목숨 부질없어
천둥처럼 장엄하게
번개처럼 단호하게
몸을 던진다

세월이 흐르고 쌓여
기름진 평원이 된
신비로운 별똥별 터
한반도 최초 유일
합천 운석 충돌구.

합천 초계·적중 지역의 광활한 운석충돌 분지. 한국지질자원연구원(KIGAM)에서 탐사. 시추하여 지질학 국제학술지 '곤드와나 리서치'에 발표(2020년 12월) 공인받음. 약 5만 년 전 구석기 시대 충돌한 것으로 추정됨.

보이저 통신 35

-고향

태양 빛이 희미하다
떠나온 지 일 광년
동력은 소진되고
중력이 끄는 대로
나는 자유다
빛을 먹어버린 곳
무수한 얼음 조각 떠도는
오르트 구름대가
차갑게 마주 선다
문득 고향집이 그립다
백골 화석 되어 나는
산천에 누워 있고
얼굴 이름도 모르는 후손이
성묘를 하고 있다
햇배와 감 고사리 버섯
시장바구니 든 할머니
발걸음 총총하다
생과 사는 윤회요 뫼비우스 띠
천명대로 간다
은하수 물결 따라.

오르트 구름: 태양계를 둘러
싸고 있는 것으로 여겨지는
얼음 물체의 이론적 구름. 이
구름은 1950년에 처음으로
그 존재를 제안한 네덜란드
천문학자 Jan Oort의 이름
을 따서 명명됨.

보이저 통신 36
-초가을 밤

반딧불 희미해져 가는
가을 초입 밤
풀잎은 성장 멈추고
모기는 꼼짝없이
입 비뚤어진다
계절의 흐름 앞에
순종하는 별
견우와 직녀
오작교 석별한 지 한 달
은하수 깊어지고
오동잎 진다
추석 앞둔 밤하늘엔
상현달 또렷한데
백조 데네브 날갯짓
북쪽으로 기울구나
남쪽 하늘 높이
물고기자리 포말하우트
가을 강물 거슬러
산란의 천륜 품고
힘찬 유영 하는구나.

보이저 통신 37
-신안암

신안암에 갔다
둔철산 아래 산청 가는 길
똑똑한 네비조차
현 위치 잡아주지 않는
문패도 일주문도 없는
작은 암자
신안암에 갔다
가난한 절간엔
거궁한 부처도
웅장한 법고도 없지만
부처보다 맑고 선명한
법고보다 깊고 깨끗한 생불
광운 스님 살고 있다
세상 욕심 내려놓고
탐진치 벗어두어
제행무상 길을 가는
선지식 살고 있다
소박한 큰 스님 안광에
경호강 가을빛이
호젓이 스며있다.

보이저 통신 38
-가을 함벽루

매봉산 함벽루
비취빛 하늘 아래
단풍 속에 빠져든다
물빛 맑은 남정강
은모래로 스며드는
억새 바람 계절 앞에
정양늪 철새
백련 숲 파헤친다
저 멀리 핫들 가득
황금 이삭 춤을 추는
가을아
하늘아
소중한 사람아
팍팍한 삶의 쳇바퀴 속
무거운 눈까풀 씻고
잠시라도 풍경에 묻혀
한시름 잊어보자.

보이저 통신 39
-악수

어제의 성군과
내일의 선구자를 만났다
간디 이후 최고 평화주의자
한반도에 다시는 전쟁과
살육의 피바다는 없어야 한다는 문재인
개혁의 칼 제대로
쓰지 못해 거꾸로 도륙당한
명민한 석학 법조인 조국
양산시 하북면 평산마을1길 17
가을볕 환한
평산책방 마당에서
두 사람 만났다
금빛 축복이 영축산
통도사 기왓장에 내려앉은
만추의 책방 앞마당에는
과거와 미래가 승계되는
디케의 눈물 사인회가 열리고
수천 증인 앞에 잡은 그 악수 결연하여
불보종찰 통도사 주인
삼백 년 된 오향매 유서 깊은
향기로 스며들었다.

보이저 통신 40
-홍시

알밤 투둑
도토리 똑 또르르
떨어지는 가을밤
힘 빠진 견우 알타이르
직녀 붙든 손 스르르
풀어지는 하늘강 너머
자꾸만 멀어지는 선녀 그림자
눈물은 금빛 유성이 되어
불꼬리 달고 뚝뚝 떨어지는데
어쩌나
중력에 끌려 떨어지는 것은
별똥별이 아니라 미사일
크림반도 텔아비브 가자지구
멀리 갈 것 있나요
동해 서해 수시로
떨어지는 불벼락
순리 거슬러 쏘아 올린 포탄
머리 위로 떨어져
피투성이 만드는지
아수라장 만드는지
내일 아침
중력 따라 떨어진
빨간 홍시 하나 주어
우주의 질서 확인해야 할 판.

보이저 통신 41
-하늘 별정원

견우 직녀 지는 자리
오리온 찾아 든다
초겨울 접어든 대암산 밤
주먹만 한 목성이
밤하늘 압도하고
의연한 북극성
감싸 도는 카시오페아
남에는 포말하우트
여름별 가을별 겨울별 섞여 피는
만추의 하늘 별정원
한 치의 오차 없이
추호도 변함없이
그 자리 다시 피네
하현달 그림자 뒤
저 멀리 동쪽 언덕
크고 힘찬 큰개자리
시리우스 꿈틀댄다.

카시오페아: 북반구 밤하
늘에 거의 1년 내내 볼 수
있는 W모양의 별. 신화 속
에티오피아 여왕으로 알려
지고 있는 그녀는 아름다
움과 교만의 상징으로 묘
사됨.

포말하우트: 남쪽물고기자
리의 알파성이다. 북반구
가을철에 홀로 밝게 빛나
는 1등성 별이다.

시리우스: 밤하늘에서 가
장 밝은 별로 천랑성, 큰개
자리 알파라 부르기도 한
다. 고대 이집트인들은 시
리우스가 나타나면 나일강
이 범람하는 때로 인식하
였다.

보이저 통신 42
-향일암 오르며

여수 금오도 직포항
비렁길 아득
사십오억 년 달구고 달군
석양이 마치 용광로
용광로 쇳물 붓듯 바다에
화로째로 빠져버린 다음 날 아침
금오산 향일암 오른다.
열 펄펄 끓는 몸
밤새 식혀 일출
천수관음 이마에 햇살로 부서지면
오욕칠정 절뚝이는 다리 끌고
해탈문 지나는 몽매한 중생이
내려놓고 비우라는
부처님 안전에서
가르침 간데없고
대웅보전 엎드려
또다시 구복 비는
구제불능 어리석음.

보이저 통신 43
-슬픈 계절

다람쥐 분주히 도토리 물어
겨울 채비 하는 날
스산한 갈바람 옷깃 여미네
직녀 베가 눈물 훔치며
서쪽 밤 언덕으로 넘어가는
슬픈 계절
질병의 고통에 시달리는 사람
지독한 굶주림에 치를 떠는 사람
이유도 모른 채 포탄 맞는 사람
사랑에 배신당해 울고 있는 사람
사람 사람 사람
사는 것이 고욕인
사는 것이 지옥인 인간 세상에
배불러 쿨쿨 자는 돼지
달 보고 짖어대는 얄미운 이웃 개가 차라리 행복한
처량한 가을밤에
가련한 나의 영혼 갈 곳을 몰라
눈시울 붉히며
별을 세고 있네
떠나간 이름 부르고 있네.

보이저 통신 44
–사랑 노래

겨우내 밤하늘 지킨
오리온이 진다
백발백중 명궁사
오리온이 간다
목동 아크트루스한테
봄밤 불침번 세워 놓고
아랫마을 아르테미스 만나
잠 청하러 간다
하늘 세상 밖
우리 은하 너머 초은하단
수많은 별들이 죽고 생겨나
얇고 짧은 사람 눈으로
확인할 수 없는
소멸과 팽창이 계속되는 곳
안드로메다 성운이
까마득히 손짓하는 칠흑 속
보이저
너는 듣고 가느냐
광활한 은하수 사이
견우 직녀 애타게 부르는
사랑 노래를.

오리온좌: 겨울철 남쪽 하늘에 보이는 H자 모양의 빛나는 별자리. 그리스 신화에 따르면, 포세이돈의 아들 오리온과 달의 여신 아르테미스가 사랑에 빠졌고 이를 질투한 그녀의 오빠 아폴론이 아르테미스를 속여 오리온을 죽게 만들었다. 제우스는 슬픔에 빠진 딸 아르테미스를 위해 오리온을 별자리로 만들어 주었다고 한다.

보이저 통신 45
-휴식

며칠째 별이 없다
겨울밤 천중
일 캐럿 일곱 개
다이아몬드 보석 박아
화려한 왕관 쓴 오리온좌도
카시오페아 북두성 사이
사백 년 달려 온 북극성
별빛도 잠들었다
일 년 삼백육십오일
하루도 쉬지 않고
밤 지킬 수 없는 노릇
창세기 안식일처럼
인간의 휴일처럼
별나라 그곳에도
쉬는 날 있어야지
별지기 파수꾼도
이 밤 꿀잠 들고 싶다.

보이저 통신 46
-별꽃 축제

정월 초순 밤하늘
별꽃 축제 열린다
목성 떠받치는 초승달
북극성 감싸는 카시오페아
마주보는 오리온좌
시리우스 프로키온 프록스
카펠라 알데바란 리겔
비극의 사랑별 오리온
장엄한 베텔게우스
주먹만 한 보석 목걸이 걸친
야간 무도회
화려한 유혹에 끌려
정신없이 돌고 돌다가
밤새도록 블루스 왈츠
안고 부비다
새벽 동녘 산등성이 어름
지팡이 툭툭 치며 초막 나서는
목동 아크투르스
축제는 끝났다 다시 아침.

겨울

보이저 통신 47
-지나간다

악다물고 달려온 길
돌아보니 아득하다
갈 길이라 굳게 믿고
뚜벅뚜벅 걸어온 길
그 끝은 어디런가
계절 바뀐 밤하늘엔
겨울 왕좌 시리우스
봄 사자 레굴루스한테
하늘 경계 맡기고
묵묵히 떠나간다
불타는 성운
찬란한 왕조
번창했던 가문도
일장춘몽 흥망성쇠
때가 되면 기운다
햇살은 어둠에게
증오는 용서에게
그 자리 내어준다.

보이저 통신 48
-근황

집 떠난 지 사십오 년
달리고 달려 겨우
태양 울타리 벗어났다
지구로부터 이백억 킬로
빛의 속도로 열일곱 시간
헬리오시스 지난다
눈 앞 세상은
춥고 까만 적막뿐
뱃길 되돌릴 수 없는
직진의 항해사
나에게 남은 시간
불과 칠팔 년
눈 부릅뜨고 귀 쫑긋 세워
신대륙 찾는 선장처럼
우주의 거센 바다 건넌다
오르트 얼음벽
건너는데 삼백 년
센타우리 삼만 년
내 몸이 마비되고
내 몸이 얼어붙어
결빙된 우주 고아 될지라도
골든 레코드 전해줄

마지막 임무 위해
인류의 메시지 안고
성간 우주 간다
목숨 걸고 간다.

보이저 통신 49
-도전

수천 수억 별들 중에
푸른 별 지구처럼
생명 넘치는 행성 나라
여행 갈 수 있을까
이웃마을 마실 가듯
자주 볼 수 있을까
인류 문명 일만 년
풀지 못 한 불가사의
도전의 과학 탑
행운 있어 우리에게
푸른 물 맑은 대기
억만 세월 주어진다면
광속보다 빠른
은하철도 구구구 타고
인류 문명 버금가는
미지의 별나라
선남선녀 만나
우주 국제결혼
성사될 수 있을까.

보이저 통신 50
-별의 시간

초저녁 서쪽 하늘
주먹만 한 별이 떴다
개밥바라기 금성
정열의 비너스
이름만큼 뜨겁다
일순간 드러낸
매혹 자태 눈부시다
연이어 시리우스
베텔게우스 프로키온
차례로 등장한다
겨우내 삼각편대
굳건한 동맹으로
한치의 흐트림 없이
밤하늘 수호한다
수십 년 달려온 빛이
안식으로 다가오는 밤
숨 쉬는 별의 시간
산 자의 축복이라.

보이저 통신 51
-성탄 전야

봄에 넣은 우리 집 작은 연못
참붕어 여섯 마리
이 겨울 얼음 밑에 죽었는지
안 보인다
멀쩡하던 헌태 아우 졸지 떠나고
쌩쌩하던 해극 성님
안녕한 지 몇 해
사람 목숨 부질없다
계묘년 크리스마스이브
크리에이트 얼룩진 보름달
빛나는 목성
겨울 밤하늘 다가서는 시리우스
풍요의 가슴에서 우러나는
세레나데 올드 랭 사인
사라진 붕어와 떠나간 사람
가슴에 꽂힌 몇몇 파편들이
우주에서 보내는
찰나의 섬광일진대
적막과 악수를 끝낸 지금
미안하다 감사하다
성탄절 첫 아침 떠오르는
작열하는 태양
기다리고 맞이하는
고요한 성탄전야.

보이저 통신 52
-달무리

달려도 달려도 끝이 없는
마라톤
춥고 배고프고 목마르다
돌아갈 수 없는 출발선
온몸은 파김치
직진 직진 또 직진
센타우리 그 섬에는
오아시스 샘물 솟고 있겠지
영혼 적실 생명수
흐르고 있겠지
고개 돌려 잠시 본
지구의 밤하늘에
달무리 진 것 보니
봄비 오려나.

보이저 통신 53
-별의 길

바뀌는 계절 뒤로
그리움이 숨는다
마차부자리 카펠라
십자가 넘어서는 험한 길에
언뜻언뜻 스치는
얼굴 얼굴 그 얼굴
생각치도 않던 사람들이
꿈속에 나타나
까닭 없이 눈물
선잠 뒤척이는 겨울 새벽
별의 길 따라 아련아련
모정이 떠난다
그리움도 묻힌다.

보이저 통신 54
-보이저 남은 시간

시한부 목숨
길게 잡아 칠 년
모든 것이 끝난다
링거 달고
배터리 채워도
올스톱 셧다운
중력에 맡긴다
눈뜨는 오늘 아침
내일 햇살 보장 없어
별의 숲 헤치며
죽음 알고 홀로 간다
천 년을 살 것같이
한껏 욕심부려 보나
어차피 개미집
공수래공수거
이천오백오십오일
선물 같은 시간
우리 은하 지키는
희미한 등대 불빛
은하수 오색 바다
유영하다 잠길 뿐.

1977년 발사된 보이저 1·2
호는 앞으로 약 6년 뒤인
2030년쯤 동력이 소진되어
심우주 탐사의 임무 수행
이 끝나고 통신이 두절될
것으로 예상함. (NASA)

보이저 통신 55
– 이별

꽃이 떠난다
겨우내 땅 속에서
몸부림치며 피워 올린
아픈 꽃이 떠난다
사람이 떠난다
한 생을 부대끼며
한 생을 허덕대던
질긴 목숨 떠난다
변덕스런 날씨
광풍과 비바람 뒤
선명했던 무지개도
한순간 사라진다
아끼고 소중했던
나의 몸 나의 혼
아득한 미련 안고
허공으로 떠난다
꽃이여 무지개여
사랑이여 안녕.

보이저 통신 56
-욕망

얼마 살다 가나요
천 년 만 년?
기껏 한 백 년 살다 갈
사람이란 속물이
검은돈 살육
피 전쟁 환각파티
레드카펫 다이아왕관
탐욕과 타락에 빠져
종말로 가고 있다
열어젖힌 판도라상자
목 잘린 불상 덩그러니
못 박힌 예수 이마
선혈 낭자하다
생의 본질은 무엇인가
밥인가
돈인가
욕망인가
생과 사의 경계는 어디인가
풀밭인가
달빛인가
손바닥인가.

보이저 통신 57

-대물림

걱정 많은 우리 할매
잔소리 만만찮다
내 죽으면 누가 장 뜨고
저 밭은 누가 맬꼬
한숨 땅 꺼지는 우리 할배
근심이 태산이다
제사는 우찌 지내고
산소 돌봄 누가 하노
세상 물정 모르는 손자
핸폰 들고 끼득끼득
게임 빠져 난리났다
계절이 돌아눕고
잘난 인물 떠나지만
해 뜨고 달 지는 건
천년만년 변함없네.
걱정마소 할매 할배
니 죽고 나 죽어도
세상은 돌아가요.

보이저 통신 58
-어찌 다

내 맘속 못다 한 말
하고파도 참은 말
보고싶다 사랑한다
우물쭈물 삼킨 말
한 생을 동반하여
밥이 되고 피가 되어
나이 칠십 다 되도록
원 없이 밀어주는
나의 반쪽 당신에게
고맙다 미안하다
바보같이 아낀 말
못난 것은 덮어주고
잘한 것은 칭찬하여
기운 잃은 나에게
힘이 되고 위로 주는
따뜻한 친구에게
고맙다 너뿐이다
시원하게 못 한 말
어찌 다 전할까.

보이저 통신 59
-대멸종

지구가 앓고 있다
간빙기 지나 여섯 번째
대멸종 코앞에 두고
극심한 고통에 시달리고 있다
기온이 오르고
메탄 원자탄이 숨통 조이고 있다
젖과 꿀이 흐르는
천운의 우리 별
지구가 위험하다
지진 홍수 전쟁 폭탄
절망의 단어들이
폐부를 찌른다
공룡의 멸종이
혜성 충돌이라면
인류의 대멸종은
인간의 탐욕이다
자연으로 돌아가자
제 명대로 살다 죽을
미래 진정 원한다면.

보이저 통신 60
-쇠기러기

떠나는 쇠기러기 떼
어디로 갔다
어디서 죽나
떨어지는 저 꽃잎들
어디서 왔다
어디로 가나
조산원 옆 장례식장
태어나고 죽어가는
생명의 순환
영웅은 누구인가
꽃인가 사람인가
태양인가 신화인가
영원함이 결코 없듯
애당초 영웅 없다
은하단 수천 수억
보이지 않는 작은 별들
땅속에 꼬물대는 실지렁이
저마다 사연 품은
비밀이 있어
지상의 수천수만
지탱하는 생명들이
타고난 본성대로

꿈틀꿈틀 살아가네
제 몫만큼 살다가네.

다시 봄

보이저 통신 61
-다시 북극성

찬란하여라 폴라리스
영원의 자리인 듯
당찬 자세로 정북 지키는
파수꾼
봄밤 아크투르스
여름밤 알타이르
가을밤 페가수스
겨울밤 오리온좌
동쪽 하늘 샛별
남쪽 하늘 포말하우트
사계절 모든 별들이
황도 따라 왔다 떠나도
그 자리 옹골차게
수성하는 장수
죽음으로 나라 지킨
충무공 기개같이
우람하여라
한낱 조무래기 필부가
그 높은 뜻 알 수 없어 그냥
엎드려 찬양하오니
북극성 작은 곰 장군
만세 만세 만만세
웅대하여라.

보이저 통신 62
-그리운 보이저

차디찬 오르트 얼음 부딪쳐
얼마나 무서울까
빙하 부딪쳐 침몰한
타이타닉 비극처럼
생존의 시간 얼마 남았을까
사십오 년을 쉼 없이 달려간
그대 극한 비행의 길
육십팔 년 달려 온
고된 내 인생길 서로가
시한부 마감 시간 알 수 없지만
카운트 다운 들어선
우주선 발사처럼
운명의 시간은 임박하고 있어
그리운 보이저
장엄한 그 임종의 머리맡을
내가 지켜 줄 수 있다면
지키다 같이 영원의
블랙홀로 빨려갈 수 있다면.

보이저 통신 63
-제2 고향 합천

지구별 한반도에 비가 옵니다
겨울을 재촉하는 비가 옵니다
나무들 낮게
몸 움츠립니다
엎드린 발 아래
다람쥐 바쁘게 도토리 나르고
새끼 밴 암사마귀 몸이
태산같이 무겁습니다
삼신할매 점지로 내가 태어난 곳
진주 이반성 가산리 851번지
진산국민학교 21회
진주중학교 21회
세건들고 직장 잡아 한평생 부대끼며 산 곳
합천
합천 떠나면 죽는 줄 알고
밥 먹고 사람 만난 사십여 년
새끼 낳고 뼈 묻을
집 짓고 들어앉은 강변
신기하게
합천 율곡 제내리 852번지
첫 담임 맡은 곳이
봉산중 21회 아이들

태어나고 사는 곳 번지가 비슷하고
졸업하고 졸업시킨 횟수가
우연히 짝이 맞아 신통방통한
안토뱅이 합천인보다 더
합천 사람 되어버린
제2 고향 합천 골짝
강바람 산바람 하늘바람
내 몸통 핏줄에 녹고 녹아
삶이 되고 시가 되고 별이 된
긴 발자국.

세건들다: '철들다'는 뜻의
지방어.

보이저 통신 64
-입춘 소묘

봄비 내린다
인동초 줄기 위에
맥문동 잎새 아래 살며시
춘신 전한다
방콕 삼십오 도
몽골 영하 이십 도
시카고엔 눈
작은 지구별에
곳곳이 다른 날씨
사계 뚜렷한 대한민국 축복받아
겨울 가고 또 봄 오네
입춘대길 건양다경
며칠 있다 설 지나면
우수 경칩 오는지라
미타산 동쪽 어깨 위로
봄밤 처녀자리 스피카
방뎅이 벌써 들썩이는데
사랑에 설레고
그리움에 들뜬 가슴
봄비에 젖어
하늘 저 어디쯤
비발디 사계 봄 협주곡.

보이저 통신 65
-환생

사람들이 다 몰렸다
병원엔 아픈 사람
유원지엔 동창생
예식장엔 축하객
장례식장 문상객
무슨 사람 그리 많나
그중에 가련한 이
내 몸 아파 괴론 사람
돌봄 없이 홀로 누워
물밥으로 연명하는
버림받은 노인들
틀어박힌 외톨이
사는 게 무엇이고
목숨이 무엇인지
극단의 선택으로
생을 마감하는 사람
생과 사가 구분 없는
우주의 공간에는
고통의 시간 없는
망망대해 허공일 터
별이 된 그대여
다시 환생 마시라.

보이저 통신 66
-상처

계절은 꽃잎 뒤에 숨고
사랑은 시간 아래 묻힌다
지나온 세월
뒤돌아보면
사방이 어둠이다
성공의 계급장
성대한 축제도
카오스 회오리 마냥
혼란의 도가니다
빛마저 삼켜버린
블랙홀의 폭풍 속에
기억은 늪이요
영광은 상처다.

보이저 통신 67
-오리온좌

별은 외롭지 않아
비운의 사냥꾼 오리온
어깨 위로 베텔게우스
허리 아래 리겔
황소 알데바란
마차부 카펠라
쌍둥이 프롤스
작은개자리 프로키온
큰개자리 시리우스
다이아몬드 울타리 되어
무서운 밤하늘 지키고 있지
보일 듯 말 듯
수천 수억의 별들이
동짓달 추위에 바르르 떨 때
손잡아 품에 감싸고
얼굴 부비며 온기 나누지
미소 짓는 반달이
포근한 이불 덮어주는
별들의 세상에도
인간사 구들막 같은 인정이 돌아
극한의 한파 녹여주는가.

오리온좌: 겨울철 대표 별
자리. 주변 5개의 일등성(一
等星)들과 어울려 다이아몬
드 형태를 띠고 있음.

보이저 통신 68
-절망의 시간들

이 아픈 세상
시가 무슨 소용이냐
이 절박한 시대
노래가 무슨 대수냐
물에 빠져 죽고
불에 타서 죽고
포탄 맞아 죽고
뛰어 내려 죽는
막가는 세상에
무엇이 구원인가
죽음은 저 멀리 있다고
나와는 상관없는 딴 세상
이야기라고 여기면서
혈육 떠나고 친구 보내고
얼굴도 이름도 모르는
그대들 사라지는 것
매일 매일 듣고 보면서
문득
죽음은 내 안에 같이 지내는
저승사자
생과 사가 종이 한 장
호주머니에 들어 있어

꼼지락거린다는 희미한 인식 앞에
아프고 저린 시간 사이사이로 보이는
나무 풀 꽃 개미 하늘 구름 별
새롭고 소소한 감사의 존재
그리고 한숨.

보이저 통신 69
-설국 열차

된바람 분다
바람 쏠려 앙상한 나뭇가지 위
새끼 기러기 날갯짓 바쁘다
거리에는 캐롤 송 벌써
연말 분위기 흥청이고
시셸 슈샤바 올드 랭 사인
깊이 파고드는 밤
다시 봄
올 수 있을까
찔레꽃 목련화
볼 수 있을까
설국 열차는 계절을 뚫고
우주로 허공으로
질주하는데
차가운 간이역에
불 꺼져 가는데.

보이저 통신 70
-어머니, 혼자 가는 길

아무도 없네 그 길
형제도 친구도 자식마저도
따를 수 없네
밥 먹고 시장 갔다
어쩌다 힘 빠지면 링거 한 대 맞고
논으로 밭으로
일하러 다니던 길
이제 갈 수 없네
하고픈 말 다 못하고
가슴 품고 살아 온 날
하늘은 무심코 그 길 오라하네
다 버리고 오라하네
아무도 모르게 혼자 오라하네
그 길은 차갑고 무서운 미로
온기를 빼앗아 버리는
냉혈의 바다
모래 폭풍 언덕 어디쯤
사막여우 신기루 집
터벅터벅 혼자서 가네
가면서 자꾸 가벼워지네
깃털처럼 가볍게
한 줌 재 흩뿌리며
불러도 불러도
돌아보지 않고 가네.

보이저 통신 71
-전쟁

별들도 미워하며 살아갈까
빼앗고 싸우며 죽이고 살까
때로는 밀치다 아예 삼키는
무시무시한 인간 생태
권모술수 침략과 살육
전쟁과 신의 저주
잔인한 파괴 얼룩진 피
그 어느 별나라에
핏빛 강물 흐르고 있을까
인류의 탄생은 비극
종교의 시작은 실패
미워하고 싸우고 죽이다
백악기 말
공룡의 시대 소멸하듯
불의 땅
인류의 시간 족멸하는 날
만신창이 지구는
제 모습 되찾을까.

보이저 통신 72
-친구들

늙어간다
머리끝에 흠뻑 서리가 묻고
목덜미 쪼글쪼글 잔주름 진 것이
세월 흔적 또렷하다
달도 별도 늙어 가는데
세파에 시달려온 우리네 인생
주름지는 것 대수랴
몸은 시들어가도
마음은 동심
그 옛적 길가 무 몰래 뽑아 먹고
붕어 몇 마리 잡아 찌지고
닭서리 하다가 들켜 오지게 두들겨 맞던
즐거운 공범자들
아련한 그 추억 오롯이 새겨 있어
오래 편안한
감출 것 없고 잘난 체할 것 없는
궁둥이 같이 까 오줌 누다
밑천 다 드러난
태생의 한 뿌리 고향 친구여
화려하진 않아도
대단한 무게 전해오는
오래된 고목처럼
그대 삶의 나이테 거룩하여라.

보이저 통신 73
-작은 미련

내 나이 칠십 밑줄
원도 한도 없이 살았다
믹스 커피 하루 열 잔
담배 하루 한 갑
얼굴 빨개지며 술 몇 잔
드문드문 문학 얘기
한밤중 시 쓰기
새벽까지 별 보기
뿔처럼 사랑하기
촌놈으로 태어나서
선생으로 시인으로
사람의 숲속에서
행세하고 살았으니
내 인생은 제법 반듯
아쉬움 있다면
차 못 모는 마누라
기사 더 못 해주고
여행 오래 못 가는 것
좋아하는 시 더 써서
시집 몇 권 더 못 내는 것
말끔한 문중 정리
손자 앞날 불안한 것

어쩌랴
백 살 살아도 해결 못 할
미련과 아쉬움이
범부의 인생이라
구질하지 않으리
내 아비가 그랬듯
목숨에 매달리고
연명하며 구걸하는
쫌생이는 되지 말자
파도처럼 살다가
새처럼 가는 거야.

보이저 통신 74
-다시 시리우스

시리우스가 돌아왔다
큰개자리 천랑성
풍요의 나일강 흠뻑 적시고
북반구 한겨울 오리온좌
빛나는 은테 안경 걸치고
찬란히 돌아왔다
지구는 변함없다
아침이면 차오르는 태양
저녁이면 보름달
이따금 들리는 전쟁의 포성
북극 빙하 녹는 소리
새로 솟는 화산섬
새소리 빗소리 바람소리
갓난아기 울음소리
공룡의 발자국 인간의 문명
뒤섞여 어우러진 푸른 한 점
지구별에
떠나가는 백조 데네브 쓸쓸한
뒷모습이
북쪽 산기슭에 아련히 멀어지는
우리은하 우리별
지구는 이상없다

우주의 질서대로 순항할 뿐이다
조급하지 말아라
싸우지도 말아라
걱정하지 말아라
시리우스 찬란한 빛
남쪽 하늘 떠오르면
소생과 희망의 약속
선물처럼 전하려니.

보이저 통신 75
-앙코르 와트 일출

천 년 전 인도차이나반도
호령하던 크메르 제국
수리야바르만 2세
힌두 비슈누 신에게 바친
앙코르 와트 성전 위로
붉고 신비한 여명이 돈다
샛별은 어김없이
천년 고도 크메르의 새벽을
지키고 섰다
칠두사 호위하는
깊고 넓은 해자 건너 웅장한
불가사의 신전
크고 섬세한 석조 돔 뒤로
천년의 아침을 깨우는 태양
용처럼 꿈틀대자
신들의 그림자가 움직이기 시작한다
신전 까마득히 가파른
중앙 성소 벽에 서광 비치자
부조 속 수많은 용병 전차
코끼리 원숭이 물소 사자
천하무적 군대가
춤의 여신 압사라 진군 위무 받아

앙코르 톰 석벽 성문 박차고
승전의 삼색 깃발 치켜세운다.

보이저 통신 76
-시집

오늘도 시집 두 권
우편으로 왔다
아는 시인 한 권 단체 문집 한 권
제목 보고 저자 말 읽고
군데군데 추려서 대충 읽는다
뻔하다 그 말
내 삶의 흔적 남겨는 보나
아직도 모자라고 부끄러워서
앞으로 더 잘 써보겠다는 다짐
똑같다
이렇게 몇 줄 적고 있는 나도
똑같다
그럼에도 불구하고 시인들은
왜 쓰나 나는 왜 적나
습관성 글쓰기일까
치열한 자기성찰일까
아픈 상처 자가 치유일까
내 시각으로 바라보는 세상의 진단일까
징발된 병사들이 언어의 비수 들고
오와 열 맞추어
사열하듯 박혀있다
우주 속에 쪼끄마한 사람들이

멀리서 보면 고만고만한데
가까이 당겨보면 똑같은 것
하나 없다 얼굴도 성질도
생체적 디엔에이도 완전히
별개다
같은 듯 다른 것이 오늘 온 시집이다
허투로 던지다가 아차 하고
다시 본다 아뿔싸
그런 아픔 저런 경탄
색깔 무게 다 다르다
한 생이 걸어온다
큰 삶이 녹아있다
소중한 물건 다루듯
조심스레 넘겨본다
오는 봄 나도
똑같지만 또 다른
내 이름 시집 하나
탁자에 놓고 싶다
커피 짙은 향 묻은.

보이저 통신 77
-때가 왔다

그 물빛 바람이
아련 불어오는 날
이제 눈 감아도 좋아
고달픈 육신 끌고
오래 걸었다
근육이 마비되고
시력 청력 판단마저 흐릿한 밤
육신은 별에 맡기고
정신은 빅뱅
무량광대 하늘에 흩어
흔적 없이 사라지자
미련 없는 삶이 어디 있으랴
태양처럼 빛나고자 무던히
애쓴 날
대쪽같이 살고자 하루하루
가꾼 날
석양 흥건히 적시는 언덕
때가 왔다
청춘이여 안녕
사랑이여 안녕.

평설

보이저호와의 교신,
깨달음에 이르다

이달균 시인

들어가는 말

　　손국복 시인께서 「보이저 통신」 연작시 77편을 보내
왔다. 그가 왜 몇 해 동안 이 주제에 천착했으며 심장 한곳
에 깊게 뿌리내리고 살았는지가 궁금하다. 과학의 출발은
철학이다. 인문학의 근간 역시 철학이 아니던가. 아주 옛날
의 과학자들도 철학과 예술에 기반을 두었고, 그 근원에 대
한 탐구는 당연한 것이었다. 플라톤과 아리스토텔레스 시
대에서부터 현재에 이르기까지 그런 명제는 늘 유효했다.
철학자들은 과학이 관찰할 수 없는 것에 관해 진리를 밝
힐 수 있는지, 과학적 논리가 정당한 것인지에 대해 의문을
품고 있다. 그러나 분명한 것은 과학철학이 과학과 비과학
을 구별하는 수단이 되어야 한다는 것에는 이의가 없는 듯
하다.

그런 관점에서 접근한다면 "시인 손국복은 왜?"라는 질문이 성립한다. 시는 세상 어떤 것도 포괄하는 힘이 있다. 경제와 철학, 과학과 종교 등등 시가 담지 못할 대상은 없다. 그러므로 과학을 통해 시에 접근하려는 시심은 충분히 이해할 만하다. 우리는 흔히 "AI 시대에 시인의 역할은 무엇일까?"로 화두를 삼기도 한다. 인공지능이 인간과 구별할 수 없는 튜터링 효과로 인해 미래는 더욱 점치기 힘들게 되었다. 어쩌면 그는 시대가 지닌 문제 자체보다도 나를 넘어 시대가 아파하는 문제를 보는 시각의 확장과 탐구에 더 방점을 찍은 것이 아닌가 하고 유추해 본다.

　　손국복 시인은 43년째 합천에서 살고 있다. 제2의 고향이 아니라 또 하나의 고향이라 말할 수 있다. 합천은 신비한 고장이다. 합천군 초계면과 적중면 두 지역에 걸쳐 지름 7㎞의 분지가 있다. 비행기에서 보면 육안으로도 이 둥근 분지를 볼 수 있다. 이곳이 바로 한반도 최초 운석충돌구(Impact Crater)이며, 공식적으로 '합천 운석충돌구'라고 부른다. 분지 곳곳을 시추한 결과, 100m가 넘는 지하에서 가장 확실한 운석 충돌 증거물인 '충격원뿔암'이 발견되었다.

　　그렇게 보면 합천은 별과 지구가 합일된 고장이다. 충돌이라기보다 별이 내려와 입 맞춘 곳이라 말하고 싶다. 이것은 어디까지나 독자의 한 사람으로서「보이저 통신」연작 시편을 쓴 이유를 그렇게 연관 지어 보는 것이다. 시인은 실제 최근 3년 동안 매일 한두 시간씩 천문공부에 매달렸다고 한다. 천체항로, 폭발과 팽창, 생성과 소멸 등 천문 전반에 대해 탐구를 거듭했고, 그 결과 이번 시집을 얻게

된 것이다.

별똥별이 내려와 입맞춘 현장인 합천 운석 충돌구를 걷는 시인이 창백하고 푸른 아름다운 점인 지구를 찍어 보내온 보이저와 통신하는 것은 이상한 일이 아니다. 그 은밀한 내통이야말로 진정 아름다운 관계가 아닌가 싶다. 모두가 지구에서 우주를 볼 때, 시인은 보이저와 함께 통신하면서 우주에서 지구를 향한 시선을 갖고자 했다.

1. 봄 이야기 – 우주에서 꿈꾸는 '그리운 나의 집'

이번 시집은 퍽 의미심장하다. 최근 한국의 시들은 서정성에서 너무 비슷하다고 한다. 또한, 난해한데 그 난해함이 하나의 유행이 되고 있다. 다시 말하면 난해의 바다 위에서 서로 영향을 주고받다 보니 시인 개인의 정체성이 사라지고 있다. 그래서 새로운 시집이 나올 때, 이 시인만의 특징이 무엇인지를 눈여겨보게 된다. 차이가 있다면, 어떤 것을 고민하고 그 고민을 어떻게 풀어가기 위해 애쓰는지를 들여다보는 것은 즐거움 중의 하나다.

그런 의미에서 이 시집은 새로운 시 읽기의 즐거움을 선물해 준다. 이채롭게도 시인은 스스로 보이저와 감정이입하여 함께 우주를 날고 있다. 자연스레 시를 읽는 독자를 그 보이저의 걸음으로 먼 우주를 항해토록 한다. 보이저는 지금 우리를 성간 우주로 안내한다. 그리고 그곳에서 푸르고 작은 별인 지구를 보게 하고, 티끌의 존재보다 더 작은 인간을 객관화시켜 준다.

시인은 '자서'에서 먼저 미지의 세계에 대한 의문에서 출발하는 동기를 밝히고 있다. 그래서 "보고 듣고 만지고 느끼는 얇은 감각과 인지를 총동원하여 살아 있는 동안의 세상, 별, 사람 이야기를 무변광대 우주를 항해하고 있는 보이저호가 보내온 통신의 눈과 귀로 담아내고 싶었다."라고 고백한다.

봄·여름·가을·겨울, 네 계절별로 단락을 묶어두었다. 꼭 특별한 이유가 있어서 그런 구별을 두었다기보다 우주의 이야기를 전하면서 크게는 은하와 지구, 보이저와 인간, 유한과 무한 등 변화무쌍한 대상들을 단락으로 묶는 일이 난망하기에 이런 형식을 취한 것이 아닌가 생각된다. 첫 번째 시는 이렇게 출발한다.

나는 지금 성간 우주를 날고 있다
헬리오시스 이곳은
춥고 어둡고 외롭고 두렵다
회오리 목성
오색 목걸이 토성
천왕성 해왕성 얼음골 지나
수많은 행성과 떠돌이별 사이로
아버지 어머니 얼굴 가물가물 보인다

창백한 푸른 별 떠나온 지
사십오 년
태어나 죽고 다시 사는 우리별

아름다운 풍경
수많은 언어
노래와 아기 울음
우주에 전하고자
내 몸에 칩을 박고
마지막 사력 다하고 있다
용맹한 호기심으로 무장한 처녀비행이
차라리 가뿐하다
어차피 한 번 살다 먼지로 흩어질 몸
보이저–
나의 이름처럼
도전자 개척자 되어
영원한 자유와 해방구를 찾아
나선지도 모른다
종착점이
시리우스가 될지 센타우리로 갈지
나도 모른다
돌아가지 않으리
싸우고 뺏고 미워하다 죽어가는
인간 세상보다
평등하고 결핍 없는 무변광대
칠흑의 밤이 오히려
평온하다

알 수 없지
천운이 닿아

은하 어느 별에서
무지개 탄 외계인을 만나
지친 방문객을 환대해 줄
기적
일어날지는.

-「보이저 통신 1 -도전과 개척」전문

이 작품은 '여는 시'다. 보이저호는 인류가 생산한 가장 첨단의 과학이지만 그는 지금 늙어가고 있다. 목성과 토성 탐사를 위한 원래의 프로젝트 시한은 4년이었다. 그런데 지금 그 10배가 넘는 시간 동안 탐사 활동을 이어가고 있으니 대단한 노익장을 과시하고 있다. 보이저1호가 과학을 넘어 인류애적 공동체를 실현한 사건이 있다. 1990년 2월 14일, '창백한 푸른 점'(Pale Blue Dot)이란 이름의 지구를 촬영해 보내온 것이다. 이는 '가장 철학적인 천체사진'으로 미국 천문학자인 칼 세이건(1934~1996)의 아이디어로 이뤄졌다고 한다.

시인은 지금 '태양계의 칼집'이란 뜻을 지닌 헬리오시스를 날고 있다. 우주에서 날아오는 고에너지 입자들로부터 태양계를 보호하는 공간이다. 이곳을 지나면 우주다. 이젠 나를 보호해 줄 그 무엇도 없다. 광활함은 필연적으로 두려움을 동반한다. 그림으로만 보던 목성과 토성, 천왕성과 해왕성도 보인다. 떠도는 행성에서 아버지 어머니의 얼굴이 보인다. 스쳐 지나는 별똥별에서 잊혀진 얼굴들을 만난다. 죽음은 우리가 사는 지구에서만 존재한다. 육체와 영혼이 분리되는 것은 절대적인 힘이 아니다. 우주에서는 이승과 저승의 구별이 없다. 그러므로 삶과 죽음이 따로 존재하지 않는다. 우주에서 지구, 즉 사람을 보는 것은 시인의 알레고리다. 그런 시선의 전환을 통해 '별'이란 추상에서 우리 생의 객관성을 획득한다.

시는 다시 이어진다. 보이저호가 지구를 떠나온 지도 벌써 45년이 되었다. 생성과 소멸의 시간을 견디는 것은 "수많은 언어"와 "아기 울음"이 있기 때문이다. 이것은 생명의 대명사이다. 보이저 2호에는 외계 생명체 찾기 프로그램이 실려 있는데 바로 동체에 부착된 레코드판이다. 여기엔 모차르트, 바흐, 베토벤의 곡이 짤막짤막하게 녹음되어 있고, 남녀의 신체적 특징, 교사, 주부, 육상 선수, 고대어, 55개국의 인사말, 심지어 한국어도 실려 있다고 한다. 지구에서 듣는 노래와 시, 아이들의 울음보다 도전을 향한 처녀 비행의 순간이 더 감동적이다. 떠나보지 않고 존재의 소중함을 어찌 알까. 사랑이 고결한 것은 이별이 있기 때문이다. 그러므로 이곳은 "영원한 자유와 해방구"인 셈이다.

말미에 오면 시인은 단호히 "돌아가지 않으리"라고 말한다. 하지만 돌아가지 않겠다는 다짐은 강렬한 역설이다. 다시금 돌아가서 빈부와 귀천, 존재와 부재의 구별도 없는 해방공간을 만끽하고 싶다는 염원과 다름없다. "칠흑의 어둠"이 갖는 평온은 희로애락을 벗어나 있기 때문이다. 광대무변의 우주에서 바라보면 삽짝을 나서면 들리는 악다구니란 얼마나 부질없는가. 그렇지만 시인은 진정 부재를 그리워하는 것이 아니다. 사소한 믿음과 희망도 우주와 바꿀

수 있는 무게를 지닌다. 섬이 없는 바다가 어찌 바다일 수 있으랴. "무지개 탄 외계인을 만나 / 지친 방문객을 환대해줄" 기적을 기다리는 그는 사소한 꿈을 포기하지 않았다. 그런 기적을 오늘도 내일도 하염없이 꿈꾼다. 종착점이 어디일지 모른다고 했으나 항해를 끝내고 돌아갈 기항지는 지구, 내 가족이 기다리는 '그리운 나의 집'이 아니겠는가.

2. 여름 이야기 – 별들의 협곡에서 만난 이름들

우주에서도 여름은 다를까. 예전 평상에 누워 여름 별자리에 관한 책을 읽은 적이 있다. '여름의 대삼각형'이 대표적이다. 직녀별과 데네브, 알타이르가 그 주인공이다. 거문고자리, 백조자리별을 찾으며 고개가 아팠던 기억이 있다. 지금은 은하수 보기가 힘들어졌지만, 당시 하늘엔 은하수가 냇물처럼 흘렀다.

그 여름의 별자리를 보이저가 떠 간다. '유월 초아흐레'는 망종에서 하지로 넘어가는 즈음이다. 지구의 시간으로 가장 바쁜 시기에 해당한다. "보리는 망종 전에 베어라"는 속담이 말해주듯 농자의 손길을 애타게 기다리는 시절이다. '개구리 합창'은 물론이고 부지깽이도 제 몫을 해야 하는 때이다. 그런 세속의 시간을 바라보는 시인의 시선이 재미있다.

유월 초아흐레
현재 시간 자정
개구리 합창 요란하다
뉴욕 낮 열한 시
런던 오후 네 시
시드니 새벽 한 시
콩알 한 점 지구 땅에
시간도 가지가지
숙면에 빠진 사람
땀 뻘뻘 일하는 사람
배고파서 우는 사람
배불러서 죽는 사람
칠십억 인간 군상
제 몫만큼 살아간다
풍요한 내일 위해
가족의 안녕 위해
살 태우고 뼈를 깎는
생존 게임 치열하다
선택할 수 없는 탄생
풀리지 않는 명제
숙명의 열차는
해와 달 수레바퀴에 얹혀
쉼 없이 굴러간다.

-「보이저 통신 24 -수레바퀴 아래」전문

콩알만 한 지구의 시간은 나라마다 도시마다 각각 다르다. 또한, 일하는 사람, 먹는 사람, 태어나는 사람, 죽는 사람 등등 제각각이다. 수레바퀴는 '숙명의 열차'이며 해와 달도 이와 다르지 않다.

　　이 작품은 '수레바퀴 아래'라는 부제가 붙었다. 그런 탓일까. 다른 한편으론 헤르만 헤세의 자전적 소설 「수레바퀴 아래서」가 생각난다. 헤세의 소설은 자아 탐구와 내적 성장에 대한 것인데 비해 이 시는 칠순이 넘은 시인이, 그것도 일상에서 벗어나 먼 우주에서 세상을 바라본다는 설정의 차이가 있다. 철저히 타자화된 상황에서 바라보는 수레바퀴는 치열한 생존게임의 현장이다.

　　보이저호에서 마주친 "선택할 수 없는 탄생 / 풀리지 않는 명제 / 숙명의 열차"는 신이 인간에게 명령한 신탁(神託)과 같은 것이다. 이런 숙명은 현실에 코를 박고 사는 입장에서는 잘 드러나지 않는다. 그러나 먼 우주에서 물구나무서서 세상을 바라보면 탄생하는 순간 굴러가야 하는 고통의 운명이 또렷이 보인다.

　　'수레바퀴'는 시간을 멈춰 세울 수 없듯이 태어난 이상 굴러가야 하는 대상을 일컫는다. 알렉산드로 솔제니친의 소설 「이반 데니소비치의 하루」에는 수용소 죄수들의 벽돌 옮겨 쌓기 일화가 나온다. 죄수들에게 벽돌을 쌓게 하는데, 다 쌓고 나면 다른 장소에 다시 쌓게 한다. 그리고 다시 허물어 원래 자리에 되쌓게 한다. 이 반복적인 벽돌쌓기에 동원된 사람들은 대부분 죽고 만다. 육체적 힘듦이 아니라 정신의 피폐를 견디지 못하기 때문이다. 인간은 신으로부터 벽돌쌓기를 명령받은 생명일 수도 있다. 태어나는 일은 선

택할 수 없다. 어느 날 문득, 이름 모를 별들의 협곡을 지나
다 삶의 모습을 읽은 것이 아닐까 싶다.

3. 가을 이야기 – 5만 년 전, 신의 음성을 듣다

　　장을 넘기다가 이제나저제나 기다린 시를 드디어 만
났다. 그것도 가을 첫 장에서. 시인은 친절하게 각주를 달
아 상식을 넓혀주었다. 142m 깊이에서 발견된 충격각력암
층의 사암에서 강력한 충격을 받았을 때 생성된 석영광물
입자로 인해 운석 충돌 지형임을 확인할 수 있었고, 국제학
술지 '곤드와나 리서치'에 등재되었다고 전해준다.

　　떠돌이별 하나
　　돌고 돌다가
　　어두운 하늘 골목
　　떠돌고 떠돌다가
　　지치고 힘들어 주저앉은 밤
　　한 생 마감할 순간을 알고
　　미련 없이 미련 없이
　　산화할 곳 찾다
　　한반도 합천 땅 드넓은 초계
　　대암 국사 미타 단봉산
　　그 이름 유서 깊은 명당을 골라
　　직경 이백 미터

순간 초속 삼십 킬로
육중한 몸을 끌고
돌진을 시도한다
희미하게 태어나
이리저리 채이다가
흔적 없이 사라지는
무명 목숨 부질없어
천둥처럼 장엄하게
번개처럼 단호하게
몸을 던진다
세월이 흐르고 쌓여
기름진 평원이 된
신비로운 별똥별 터
한반도 최초 유일
합천 운석 충돌구.

-「보이저 통신 34 -합천 운석 충돌구」 전문

　합천 대암산은 그리 높은 산이 아니다. 그래서 등산객
이 많이 찾지 않는다. 꼭대기까지 콘크리트로 포장되어 있
어 승용차로도 오를 수 있다. 언젠가 산성(山城)을 찍는 사
진작가를 따라올라 희미한 성의 흔적을 본 적이 있다. 위성
사진으로 본 적중·초계 분지는 호수에 돌 던져 이는 파문
을 닮았다. 다만 물이 아니라 육지에 떨어진 운석이기에 그
모양은 더욱 적나라하다.

가을 하늘을 패러글라이딩으로 나는 사람이 보인다. 그들이 보는 운석 충돌구가 뭐 그리 새롭지야 않겠지만, 보이저호에서 상상하는 운석 충돌구는 예사롭지 않을 것이다. 어느 날, 우주 떠돌던 떠돌이별 하나가 한 생의 마지막을 향해 이곳으로 돌진해 왔다. 그 죽음은 장렬했을까, 아니면 처절했을까.

그저 숱하게 떨어진 별똥별 중의 하나일지도 모른다. 하지만 그 하나가 이곳 합천 사람들에겐 엄청난 신의 말씀이 되고 있다. 하늘보다 더 먼 곳의 하늘이 내려와 전하는 말씀을 귀를 씻고 듣는다. 5만 년 전 빙하기의 시간을 본 사람은 없다. 첨단의 망원경으로도 시간은 볼 수 없다. 하지만 그 별이 소멸한 자리를 찾아가면 잃어버린 시간을 찾을 수 있다.

시인이 보이저호를 탄 것도 이 운석 충돌구와 무관치 않았으리라. 그들을 왜 맹목적으로 달려와 이 작은 지구에 묻혔을까. 사람도 100년이란 시간을 달려 이곳에 묻힌다. 그래서 죽은 자를 일러 별이 되었다고 말하는지도 모른다. 비록 떠돌 땐 "무명 목숨"이었으나 그가 만난 별은 장구한 역사를 가진, 미래 인류에게 "기름진 평원"을 제공한 고마운 별이었다.

4. 겨울 이야기 – 연못에 펼쳐진 은하계

계묘년 우주는 안녕하신가. 손국복 시인의 보이저호와 항해 하다 보니 어느덧 겨울 은하에 닿았다. 겨울 은하는 어떤 빛일까? 행성의 항로를 따라 이동하면서 자연스레 별자리를 만난다. 별자리야말로 신화와 함께 시의 상상력을 꽃피우게 한 촉매제가 아닌가.

겨울 별자리 이야기는 오리온을 중심으로 펼쳐진다. 오리온은 그리스 신화에선 거인 사냥꾼으로 불린다. 달과 사냥의 여신 아르테미스와 사랑하는 사이였으나 아르테미스의 오빠인 아폴론은 오리온을 싫어한다. 아폴론은 아르테미스에게 활을 쏘는 내기를 한다. 그녀가 겨눈 과녁은 오리온이었고, 결국 오리온은 죽고 만다. 슬픔을 이기지 못한 그녀를 위해 제우스는 죽은 오리온에게 밤하늘의 별자리를 만들어 준다. 그것이 바로 오리온좌이다.

시인의 집 작은 연못은 하나의 은하계다. 큰곰자리, 큰개자리, 쌍둥이자리도 있다. 이 별들이 안녕하다면 올해 겨울은 따뜻할 수 있겠다. 그런 바람으로 크리스마스를 맞는다.

봄에 넣은 우리 집 작은 연못
참붕어 여섯 마리
이 겨울 얼음 밑에 죽었는지
안 보인다
멀쩡하던 헌태 아우 졸지 떠나고
쌩쌩하던 해극 성님
안녕한 지 몇 해
사람 목숨 부질없다
계묘년 크리스마스이브

크리에이트 얼룩진 보름달
빛나는 목성
겨울 밤하늘 다가서는 시리우스
풍요의 가슴에서 우러나는
세레나데 올드 랭 사인
사라진 붕어와 떠나간 사람
가슴에 꽂힌 몇몇 파편들이
우주에서 보내는
찰나의 섬광일진대
적막과 악수를 끝낸 지금
미안하다 감사하다
성탄절 첫 아침 떠오르는
작열하는 태양
기다리고 맞이하는
고요한 성탄전야.

-「보이저 통신 51 -성탄 전야」 전문

　　시인이 만난 '성탄전야'에도 인연의 이야기는 계속된다. 시인의 집 연못은 뭇별로 가득 찬 은하계다. '참붕어'는 은하를 헤매고 있는지 자취 없고, '헌태 아우'는 그만 별똥별이 되었다. '해극 성님'은 어느 별자리를 떠도는지 몇 해째 소식 없다.
　　그렇다. 길 잃은 별이 그들뿐이겠는가. 우리나라 기술로 쏘아 올린 4차 '누리호'는 궤도를 잘 날고 있지만, 2021

년에 1차로 발사한 '누리호'는 위성 모사체 궤도 안착에는 실패했다. 보이저호를 타고 가면서 길 잃은 누리호 1차 발사체를 만나지는 못했다. 하긴, 만난다 해도 무슨 말로 위로할 것인가.

그처럼 계묘년 겨울을 나면서 시인은 "가슴에 꽂힌 몇몇 파편들"을 생각했다. 그들과의 인연은 "우주에서 보내는 / 찰나의 섬광"일 수도 있지만, 시인에겐 오랜 관계성으로 남는다. 찰나가 곧 영원이다. 그런 깨우침을 이 시집에서 얻었다면 다행한 일이 아닌가. 믿었던 누군가로부터 돌팔매를 맞기도 하고, 늘 마주하던 이웃과도 어느 날 담쌓게 되는 것이 우리네 삶이니 말이다. 문제는 그런 일들로부터 일희일비할 이유가 없다.

다만 섬광처럼 지나치는 것들과 "악수를 끝낸 지금" 미안할 뿐이고 또한 감사할 따름이다. 상처입힌 그대나 상처받은 그대에게도 하늘은 공평히 별빛을 내려준다. 성탄절 아침의 태양도 평등하다. 그래서 시인은 자서에서 "손바닥에 모래 한 알 올려놓고 세상의 이치니 우주의 원리니 아는 체 까부는 내가 가소롭다"고 하지 않았을까. 집 앞 연못에서 은하를 본다면 지금 타고 가는 자전거가 보이저호가 될 수도 있다.

맺는말

시인은 보이저호를 통해 무슨 말을 들었는가. 또한, 보이저호와 항해하면서 무슨 일을 겪었는가. 77편의 시를 쓰는 시간은 길었지만, 책을 덮고 보니 정말 찰나에 불과하다. 눈앞의 일도 모르는데 저 거대한 우주의 일들을 어찌 알겠는가.

은하에서 보면 지구는 하나의 작은 모래 알갱이다. 해운대 백사장은 몇 개의 모래알들로 구성되어 있을까. 이웃한 모래알로 만날 수 있는 인연은 또 몇 겹의 인연일까. 거시적인 것과 미시적인 것은 기실 말장난에 불과하다. 합천에서 우주를 보고 우주에서 모래를 본다. 무엇이 다르고 무엇이 같은가. 그 해답은 신만이 알 뿐이다.

손국복 시인의 네 번째 시집 『보이저 통신』을 읽은 독자들은 먼 항해 끝에 안식을 얻었을 것이다. 이 시집은 한 권의 경전처럼 우리를 깨달음에 이르게 한다. 다시금 다섯 번째 시집을 기다린다.

보이저 통신

손국복 지음

발행처	도서출판 청어
발행인	이영철
영업	이동호
홍보	천성래
기획	남기환
편집	이설빈
디자인	이수빈	김영은
제작이사	공병한
인쇄	두리터

등록   1999년 5월 3일
       (제321-3210000251001999000063호)

1판 1쇄 발행 2024년 5월 18일

주소   서울특별시 서초구 남부순환로 364길 8-15 동일빌딩 2층
대표전화 02-586-0477
팩시밀리 0303-0942-0478
홈페이지 www.chungeobook.com
E-mail   ppi20@hanmail.net

ISBN   979-11-6855-247-0 (03810)

神은
말하지
않는다

전수일
중편소설

청어

신(神)은 말하지 않는다

전수일 지음

발 행 처 · 도서출판 청어
발 행 인 · 이영철
영　　업 · 이동호
홍　　보 · 천성래
기　　획 · 남기환
편　　집 · 방세화
디 자 인 · 이수빈 | 김영은
제작이사 · 공병한
인　　쇄 · 두리터

등　　록 · 1999년 5월 3일
(제321-3210000251001999000063호)

1판 1쇄 발행 · 2020년 4월 28일

주　　소 · 서울특별시 서초구 남부순환로 364길 8-15 동일빌딩 2층
대표전화 · 02-586-0477
팩시밀리 · 0303-0942-0478

홈페이지 · www.chungeobook.com
E-mail · ppi20@hanmail.net
I S B N · 979-11-5860-829-3(03810)

이 도서의 국립중앙도서관 출판시도서목록(CIP)은 서지정보유통지원시스템 홈페이지
(http://seoji.nl.go.kr)와 국가자료공동목록시스템(http://www.nl.go.kr/kolisnet)에서 이용
하실 수 있습니다.(CIP제어번호: CIP2020008903)

신(神)은 말하지 않는다

전수일 중편소설

수돗물에 관한 이야기다.

책을 낼 때마다 이 글은 사람들이 꼭 읽어야 한다고 생각하며 글을 썼다. 이 글도 또한 그렇다. 그러나 결과는 혼자 웃는다. 그래도 나는 먼 하늘을 보면서 외친다.

"이 책은 꼭 출간해야 한다."

우리나라의 수돗물 개선을 위하여 홀로 '수도' 잡지를 만든 재미동포이신 '노신사'의 유언처럼 원고지를 채웠다.

내용은 수돗물의 인산염 설비보호제 투입에 관한 연구 논문을 바탕으로 이야기가 이루어진다. 수많은 화학물질을 사용하는 현실에서 가습기살균제 사건 같은 일은 현재 진행형이다. 우리의 수돗물도 예외는 아니다.

'수도(水道)는 생명길이다. 생명이 다수결이나 권력에 의해서 결정되어서는 안 된다. 무지나 고집에 의하여 결정되어서는 더더욱 안 된다. 수돗물은 검증된 지식, 아니 신(神)이 허락한 기술로만 만들어져야 한다.'

－수돗물 먹고 죽었다는 것을 증명할 수 있나?－

본문에 나오는 문장이다. 미래를 알 수 없는 현재의 무책임하고 무서운 표현이다. 인간의 욕심과 무지로 세상은 자정능력을 잃어가고 있다. 그 해결책은 무엇인가?

－우리나라는 후진국이다.－

본문 속 박 노인의 말처럼 우리나라는 후진국이다. 앞 선 나라들이 연구하여 이미 선택한 수돗물 처리방법이라면 그 내용에 대한 실천을 망설일 필요가 없다. 우리나라의 아파트 수돗물에 투입하는 인산염 설비보호제의 중단과 그 대책 말이다. 박 노인은 '기준'이 없는 나라가 후진국이라고 결론지었다.

우리나라의 수돗물 개선을 위하여 타국에서 노력하는 사람이 있었다. 본문에 기록한 재미동포이신 '노신사'이다. 한국에서 수처리 전문 잡지인 '수도(水道)'를 만든 분이다. 작가는 마산 정수장 근무시절 '수도' 잡지에 대한 문의 편지 한 장의 답신으로 '노신사'의 방문을 받았다. 잊히지 않는 기억이었다. 이 글이 좋은 수돗물 만들기에 도움 되기를 바라면서 마지막 인사는 '노신사'께 바친다.

2020. 2.

목차

작가의 말　　6

새천년 아파트　　11

비브리오 패혈증　　58

국제 사기꾼　　96

후진국　　122

설비보호제　　154

신(神)은 말하지 않는다　　197

새천년 아파트

1

서기 2030년 봄,

　부산 영도 청학동의 새천년 아파트에 무서운 소문
이 나돌았다.

　-우리 아파트에 40년 살면 죽는다.-

　새천년 아파트는 지은 지 39년째다.

　청학동 옛 버스 종점 위 산비탈에 위치한 새천년 아

파트는 세 동이 요철형으로 지어졌다. 가구 수는 270세대가 15층 건물 3동에 나뉘어있다. 한 세대의 평수는 33평으로 똑같다. 창문을 열면 어느 집이든 바다가 바라보인다.

－우리 아파트에 40년 살면 죽는다.－

노인회장은 아내의 귀띔으로 이 소문을 들었다. 아내의 말을 괜한 소리라고 털어버리려 해도 쉽게 마음이 가라앉지 않았다. 노인회장은 아파트 관리소장과 운영위원장에게 이 사실을 물어봤다. 두 사람도 소문을 들었다고 했지만 진원지는 알지 못했다.

아내는 이 소문을 101동 강 할멈에게서 들었다고 한다. 강 할멈도 어디서 들었는지는 기억하지 못했다. 아내는 강 할멈과 자주 만난다. 강 할멈은 목소리가 강하고 아파트 일에 모르는 게 없다. 한마디로 아파트 스피커다. 그래도 성격은 올곧은 면이 있다.

노인회장은 입맛을 다셨다. 다음 월례회 때 강 할멈을 만나면 괴소문에 대해서 물을 것이다. 모른다고 하면 그런 것도 모르냐면서 닦달할 것이다. 노인회장은 돋보기를 쓰고 휴대폰을 들었다.

−40년 된 아파트−

−40년 된 아파트 주민 죽음−

검색 제목을 정한 노인회장은 천천히 자판을 두드렸다. '40년 된 아파트' 검색창에는 죄다 아파트 리모델링에 관한 내용이다. 마지막 글이 헛웃음을 나오게 한다.

'40년 된 아파트에 투자하세요. 묻어 두시면 돈이 됩니다.'

'40년 된 아파트 주민 죽음'의 검색창은 더욱 재미없다.

'죽음에 대한 답변은 역시 죽음이다.'

검색창의 끝은 결국 아파트 재건축에 대한 돈 이야기이다.

"뭐가 나와요?"

아내의 물음에 노인회장이 돋보기 밖으로 눈길을 올리며 말없이 쳐다본다.

"그러지 말고 철수에게 물어봐요?"

철수는 노인회장의 큰아들이다. 해운대의 큰 병원에서 신경과장으로 근무한다. 노인회장이 휴대폰 검색창을 정리하고 아들 전화번호를 눌렀다.

노인회장은 큰아들을 생각하면 언제나 대견스럽게 느낀다. 고등학교 때 큰아들은 성적이 좋았다. 누구나 가지는 욕망, 일류대학교 입학, 서울대 합격 그러나 그것은 광풍(狂風)에 가까웠다.

－학생의 적성과 학부모의 경제력은 염두에 두지 않고 교사와 학교가 학생의 서울대 합격에 목을 매는 풍조, 더더구나 학교 측에서 학생을 서울대에 합격시키는 담임교사에게 특별한 인센티브까지 제공한다.－

광풍에 휘둘리지 않고 철수는 지방대 의과대학을 미련 없이 선택해주었다.

노인회장은 휴대폰 벨소리를 들으며 아들의 목소리를 기다렸다. 노인회장은 입가에 미소가 배였다. 동삼동에 사는 친구는 철수보다 한 살 많은 첫 아들을 서울대에 넣어놓고 그렇게 좋아하더니, 아들이 대학을 졸업하기도 전에 살던 집을 내어놓고 임대 아파트를 찾았다. 그것도 영세민 임대 아파트를 골랐다. 주소지가 바뀌면 입주권이 사라지는 임대 아파트 말이다. 그게 아들의 서울 생활비를 마련하기 위해서였다.

공부 잘하는 노인회장 친구의 아들은 서울대학교 대학원을 졸업하고 취직하였다.

노인회장의 친구는 이제 이마의 주름살이 펴지나 싶더니 이 년도 못 가 아들이 같은 학교 출신의 공부 잘하는 여학생과 결혼하여 더 좋은 곳으로 공부하러 간다면서 미국으로 떠났다.

노인회장의 친구는 나이가 많아 일자리도 구할 수 없다. 미국으로 떠난 아들은 십 년이 지났지만 자식도 없이 아직 공부 중이란다. 영세민 임대 아파트에 사는 노인회장의 친구는 요즈음 술이 취해 노인회장에게 전화한다.

"친구야, 나 한잔 했다."로 시작되는 전화통화는 "우리 아들이 서울대 합격할 때, 그때가 그래도 행복

했다."고 울먹인다. 노인회장은 큰아들의 목소리를 듣고 입이 다물어지지도 않게 큰 소리로 대답했다.

　노인회장의 큰아들 철수는 아파트 괴소문의 결과를 '돌연사'로 보았다. 그러나 돌연사에 대한 아들의 대답도 명확한 결론이 없다.
　ー돌연사ー
　말 그대로 특별히 아픈 데도 없는 사람이 갑자기 쓰러져 심장이 멎는 게 돌연사다.

　아들이 보낸 휴대폰 문자다.
　15년 전부터 우리나라에서 해마다 이만 명에 가까운 사람들이 꾸준히 사망한다고 되어 있다. 교통사고의 세 배, 폐암 사망자보다 많다고 한다. 정부에서도 특별한 대책을 제시하지 못한다고 적었다. 돌연사가 국민의 목숨을 위협하는 '가장 무서운 살인자'로 자리 잡았다는 대목에 노인회장은 한동안 생각과 초점이 멈춰졌다. 답답함과 불안감에 노인회장은 한숨을 길게 쉬었다.

돋보기를 내려놓고 창밖을 바라보던 노인회장이 휴
대폰을 다시 살려 돋보기를 맞추었다. 그래도 다음 내
용은 위안을 줬다.

'돌연사 가운데 유전적 요인 등을 제외한 75~80%
는 예방적 조치를 잘 하면 막을 수 있다'는 전문가의
말이다. 이어진 돌연사의 예방적 조치에 대한 내용을
보고 노인회장은 자신도 모르게 소리 내어 웃었다.

'정기검진을 하며, 자신의 혈당, 혈압을 잘 관리하
고, 흡연, 음주, 기름진 음식, 운동 부족, 스트레스 등
을 방지하면 돌연사를 예방할 수 있다.'

노인회장이 휴대폰을 탁자에 놓으며 허공을 바라
보고 말했다.

"신(神)이 되어야 돌연사를 면하겠네?"

사라진 생각을 다시 떠올리려는 듯 노인회장은 응
접의자에 앉아 창밖을 바라봤다. 아파트 주변 나무들

이 바람에 흔들리며 신록을 내뿜는다. 항구의 배와 부두의 시설물과 시가지 건물 사이에서도 수평선은 흔들림 없이 빛난다. 큰 길 가로수 이팝나무에 쌀알 같은 꽃잎이 수북하게 매달렸다. 해풍에 가로수 머리가 세차게 흔들린다.

'우리 아파트에 40년 살면 죽는다?'

노인회장은 초점 없는 눈길로 휴대폰을 매만졌다.

'무엇 때문일까?'

좌우를 한 바퀴 둘러 본 노인회장이 중얼거렸다.

'미세먼지?'

'미세먼지, 하지만 우리 아파트는 아니다. 태평양을 건너 온 해풍이 아침저녁으로 우리 아파트를 어김없이 오르내린다. 육지의 시가지가 온통 시커매도 우리 아파트는 공기가 맑다.'

괴소문에 의한 아파트 주민의 죽음의 원인이 공기오염은 아닐 것이라고 판단한 노인회장은 물을 떠올렸다.

'수돗물이 잘못 되었는가?'

노인회장은 새천년 아파트에 이사 온 후 봉래산 약
수를 떠다 먹었다.

　　40년 전 낙동강 페놀유출사고가 생긴 뒤라 사람들
은 약수 떠먹기를 당연시 했다. 봉래산 약수터는 새천
년 아파트에서 봉래산 정상 쪽으로 40분 정도 올라가
야 한다. 날마다 가기에는 힘들어 노인회장은 주말에
말통 2개에다 약수를 떠 날랐다. 그러던 중 구청 보건
소에서 실시한 약수(터) 수질검사 결과를 보고 노인회
장은 약수 떠먹기를 그만 뒀다. 약수에서 암모니아성
질소가 음용수 기준치 이상 검출된다는 것이다.

　　노인회장은 암모니아성 질소에 대하여 알아봤다.

　　−암모니아성 질소, 물속의 암모니아성 질소는 분뇨
의 오염하수, 가축폐수의 유입으로 나타나기 때문에
수질 오염의 지표가 된다.−

2

'우리 아파트에 40년 살면 죽는다.'

소문의 진원지를 찾기 위해 노인회장은 소문 조사반을 만들었다. 속칭 '괴담 조사반'이다. 조사반원은 2명으로 결정했다. 조사반원은 허태식과 이국형이다. 두 사람은 올해 노인회 신입회원이다.

노인회장은 조사대상을 아파트에 가장 오래 산 10% 기준으로 30세대를 선정했다. 조사 방법은 개별 방문이다. 노인회장은 자신이 추측한 조사내용을 조사반원 두 사람에게 알려 주었다.

−어떤 물을 먹는지? 물은 어떻게 먹는지? 그리고 부부의 건강 상태는 어떤지?−

조사 시간과 기간은 정하지 않았다. 조사반원 두 사람이 상의하여 결정하도록 맡겼다.

다음 날이다.

괴담 조사반원으로 임명된 허태식은 이국형과 약속한 아파트 입구 상가 앞으로 향했다. 복도 계단을 내려오는 시야에 아침 해가 바다와 하늘 사이에서 컴퍼스로 그린 듯 동그랗다. 해풍은 거세게 옷자락을 휘감는다. 허태식은 걸음을 멈춰 바다를 바라봤다. 20세기에는 눈시울을 적시며 시야에 또렷하게 자리했던 오륙도가 이제는 건물 사이에서 자신 없는 문장 끝의 말줄임표 같다. 해풍은 거칠어도 기분은 상쾌하다.

　　상가 발코니에 앉아 있던 이국형이 먼저 보고 허태식을 부른다.

　　"허 어르신!"

　　허태식도 오른손을 치켜들고 웃으며 대답했다.

　　"이 어르신!"

　　'어르신' 호칭은 년 초 노인회 입회식 날 노인회장으로 부터 전달받은 공식 호칭이다. 두 사람은 네 번째 만남이다. 이국형이 소리 나게 웃으며 자신의 입장을 먼저 설명한다.

　　"난, 일요일 빼고 언제든지 가능합니다."

이국형은 교인이었다. 큰길가 천국 교회에 나간다. 허태식은 백수다.

괴담 조사 방법은 쉽게 이루어졌다. 두 사람은 주말을 제외한 주중 5일간 오후 2시~4시 사이에 두 집씩 조사하기로 약속했다. 만남의 장소는 상가 발코니다.

이국형이 자판기에서 커피를 뽑으려 하자 허태식이 손사래를 친다.

"난 커피 못 먹습니다."

이국형이 이유를 묻기도 전에 허태식이 먼저 말했다.

"심장병 환자예요."

허태식이 미안한지 설명을 덧붙였다.

"오후에는 반 잔 정도 먹습니다."

머뭇거리며 커피 한 잔을 뽑은 이국형이 되물었다.

"오줌은 잘 나오십니까?"

허태식이 웃었다. 전립선은 괜찮냐는 뜻이다.

"70%만 잘 나옵니다."는 허태식의 대답에 이국형도 함께 웃었다.

3

　오늘 밤에도 문상이 있다.

　아파트 괴담이 사실인지 몰라도 노인회 행사 중 가장 많은 행사가 문상이다. 올해 들어 벌써 여섯 번째다. 한 달에 한 번 꼴이 넘는다.

　장례식장은 영도다리의 불빛이 보이는 자리이다. 곡소리가 멈추면 창문 밖에서 파도소리가 들린다. 세상을 떠난 101동의 고 영감은 우리 나이로 일흔네 살이다. 한국인의 평균 수명에 열 살 가까이 모자란다. 사인은 돌연사다. 어제가 생일이었다.

　그저께 밤, 식구들이 집에 모여 고 영감의 생일 준비를 하는 동안 고 영감은 의자에 앉아 바깥을 보고 있었다고 한다. 꼼짝 않고 밖을 보는 고 영감을 큰며느리가 불렀다.

"아버님, 시장하지 않으세요. 뭐─ 좀─"

큰며느리는 앞으로 고개를 숙인 채 미동도 않는 시아버지의 팔을 흔들었다. 시아버지는 아무 반응이 없었다. 큰며느리는 간호사다. 늘어진 시아버지의 코에 손을 대어보고 손목의 맥도 짚었다. 시아버지의 손목을 붙잡은 큰며느리가 핏빛 없는 얼굴로 소리쳤다.

"아버님이 돌아가셨습니다!"

고 영감은 새천년 아파트에 38년을 살았다.

맏상주는 고 영감의 큰아들이다. 이제 겨우 마흔 다섯 살이다. 큰아들은 아직도 믿기지 않는 표정으로 연신 고개를 갸우뚱거리며 한숨을 들이쉬며 소리친다.

"혈압약을 드셨지만 평소 건강 상태가 괜찮았는데, 요 며칠 약을 게을리 드셨다고 이렇게 갑자기 돌아가신단 말입니까?"

노인회원들은 언제나 출입구 맞은편 빈소 반대편 구석에 자리 잡았다.

허태식과 이국형도 음식상 끝 쪽에 앉았다. 이국형은 술을 먹지 않는다. 교리에 따르는지, 오래 전에 끊었다고 한다. 허태식은 눌린 돼지고기 한 점에 소주한 잔을 마셨다. 허태식도 술과 커피를 마시면 안 된다. 부정맥 진단을 받은 지 십오 년이 된다. 그래도 점심을 먹은 오후에는 커피를 한 모금씩 즐겼다.

"회장님, 우리 아파트에 40년 살면 죽는다는 것 아세요?"

101동 203호 강 할멈이 가는 몸을 흔들며 비트는모습으로 노인회장을 향해 얼굴을 든다. 강 할멈은 아파트 부녀회장과 통장을 오랫동안 했다. 지금도 통장일을 한다. 높은 톤의 목소리에 노인회장이 두 눈을크게 뜬다. 쓸데없는 소리한다는 듯 노인회장이 헛기침을 하며 몸을 바로 세웠다.

노인회장이 대답할 여유도 없이 귀를 찌르는 강 할멈의 목소리가 다시 들려왔다.

"언제부턴가 우리 아파트에 40년 살면 죽는다는 소문이 났어요. 고 영감도 40년 가까이 우리 아파트에 살았잖아요?"

강 할멈의 말에 다른 할머니들도 고개를 끄덕거리며 동조했다. 수군거리는 할머니들을 바라보는 노인회장이 안경 너머로 강 할멈에게 눈길을 쏘았다.

"강 할멈은 어디에서 들었어요?"

노인회장의 반격에 강 할멈이 멈칫거리며 얼버무린다.

"새천년 슈퍼에서 들었는가? 나도 정확하게 모르겠지만 아무튼 소문이 자자해요."

노인회장은 한동안 강 할멈을 바라보며 의구심을 떨치지 못했다.

조용해진 할머니들이 불안한 표정으로 서로 바라보는 사이로 이국형의 목소리가 분위기를 갈랐다.

"그런 유언비어는 믿지 마십시오. 믿음이 부족해서 그렇습니다. 시간 나시면 우리 천국 교회에 놀러 오셔서 좋은 말씀 들으시고 마음 가라앉히십시오."

이국형이 좌중의 반응을 살필 새도 없이 강 할멈의 목소리가 귀를 찔렀다.

"아이— 여기서 그런 말은 좀 그래요."

강 할멈이 자기 목소리에 놀라 주위를 둘러보다 노인회장을 바라본다.

"회장님, 한번 알아보세요?"

노인회장은 변호사 사무실에 오랫동안 근무했다. 키가 크고 목소리도 굵다.

"지금 알아보고 있어요. 기다려 봐요."

고 영감의 죽음처럼 초상집도 시끄럽지 않다.

4

괴담 조사 방문 첫 날이다.

허태식과 이국형은 101동 위층부터 조사 대상 집을 방문했다.

첫 집이다. 두 사람은 긴장했다. 서로 초인종을 누르려다 이국형의 손이 먼저 나갔다.

야윈 체격에 눈이 큰 영감이 나온다. 두 사람이 인사하자 영감은 문을 잡고 말없이 안내한다. 두 사람도 말없이 따랐다. 집 안 거실에는 냉·온수기가 서 있다. 오래되었는지 꼭지 색깔이 많이 바랬다. 수통에 물은 조금 남아있다.

두 사람이 거실에 앉자 주인 영감이 뭐라 중얼거리며 소주와 마른 안주거리를 내어온다. 두 사람을 마주보며 눈을 치떴다. 이국형과 허태식은 말없이 마주봤다. 주인 영감이 한 잔 하라며 소주잔을 내민다. 두 사람은 마지못해 소주 한 잔씩을 받았다. 주인 영감이 '쪽' 하는 마찰음을 내며 연거푸 소주 두 잔을 마신다. 표정이 들어올 때보다 밝아진다.

"물은 내가 봉래산 약수터에서 떠 오지요."

이국형의 질문에 주인 영감은 큰 소리로 말했다. 아내는 영선동 시장에서 일한다고 한다. 자신은 외환위기 이후 실직하여 아내가 대신 돈을 벌러 갔단다. 주인 영감은 두 사람보다 열 살이나 많았다.

"물을 떠 오지 않으면 아내가 화를 내요. 아주 크게 화를 내요."

주인 영감은 두 사람에게 술 마실 것을 강요하다 자신의 술잔에 술을 채워 마셨다. 깨끗한 생김새와 달리 주인 영감은 알코올에 의존하여 생기를 찾았다. 간이 안 좋아 병원에 입원한 적도 있었단다.

"내가 이래 뵈도 대한민국의 최고 기업에서 근무했어요."

주인 영감은 몇 번이나 자신이 최고 기업에 근무한 것을 강조했다. 이국형과 허태식은 주인 영감에게 뭔가 아쉬움을 토로하지 못하고 머뭇거리다 일어섰다.

다음 집이다. 두 사람은 말없이 이동했다.

초인종을 누르자 집 안에서 강아지가 짖는다. 두 사람은 강아지 소리를 듣고 주인이 나오기를 기다렸다. 그러나 인기척은 없고 강아지 소리만 심해진다. 두 사람은 고개를 갸웃거리며 한 번 더 초인종을 눌렀다.

강아지 소리가 귀를 찢을 듯 날카롭다.

'어떻게 할까?'

두 사람이 갈등하는 사이 옆집 문이 열렸다. 오십이 넘어 보이는 아주머니가 고개를 내민다.

"그 집 할머니는 귀가 안 들려요."

두 사람이 자신들의 방문 목적을 이야기 했다. 아주머니가 문 밖으로 나선다.

"그 집엔 아들 하고 할머니, 둘이 사는데 할머니 귀가 안 들려서 아들이 글을 써서 대화해요."

옆집 아주머니는 맞은 편 집의 아들 어머니를 할머니라 불렀다. 할머니의 연세는 여든 다섯이란다. 아주머니가 설명을 이어간다.

"아들이 출근하면 집에는 할머니와 강아지만 있어요."

두 사람이 귀를 기울이자 아주머니가 이야기보따리를 풀어놨다.

"그 집 아들은 2대 독자예요. 젊을 때 제멋대로 살다가 어머니 애를 많이 태웠데요."

옆집 아주머니는 귀를 기울이는 두 사람에게 묻지도 않은 이야기를 계속했다.

"결혼은 했지만 이혼하고 지금 혼자 된 어머니와 둘이 살아요. 아들은 자식들도 있대요."

옆집 아주머니는 두 사람의 질문에 답하고 다시 그 집 아들 이야기를 했다.

"물은 정수기 물을 먹어요."

옆집 아주머니가 미소를 보이며 말을 끝맺는다.

"2대 독자 외아들이 자신을 보살피니 할머니는 아주 좋아해요. 세상사 뒷일은 알 수 없는 거예요."

그치지 않는 강아지 짖는 소리를 들으며 이국형과 허태식은 귀가 들리지 않는 어머니와 외아들의 모습을 그려보며 돌아섰다.

시간이 남은 오후다.

두 사람은 헤어지기 아쉬워 누가 먼저랄 것도 없이 상가 발코니 의자를 마주 잡아 당겼다. 봉래산으로 오르는 해풍이 기분 좋게 힘차다. 두 사람은 상가에서

각자의 음료수 한 캔씩을 들고 나와 마주보며 좌담을 시작했다. 허태식은 커피를 머금듯 삼키며 자신이 담배 끊은 이야기를 시작했다. 이국형도 담배를 피웠지만 남들처럼 담배 맛을 느끼지 못해 군에 갔다 온 후 저절로 담배가 끊어졌다고 한다. 허태식이 수평선을 바라보더니 입을 열었다.

5

외환위기로 회사가 문을 닫아 실직한 때이다.

식구들이 출근하고 홀로 남은 아침, 허태식은 담배를 꺼내 베란다로 나갔다.

'무엇을 하면서 오늘 하루를 보낼 것인가?'

맞은 편 일반주택 옥상에서 아주머니가 빨랫대에

세탁물을 널고 있다. 방충망 너머로 서로의 시선이 마주친다. 허태식은 베란다 구석으로 자리를 옮겼다. 죄지은 사람처럼 벽을 바라보고 쪼그려 앉아 담배 연기를 내뱉었다. 삼월이지만 아침 바람이 차다. 허태식은 몸이 떨렸다. 그래도 담배를 방 안에서 피우기 싫어 베란다를 택했다. 베란다에서 담배를 피우기 시작한 것은 첫 아이를 낳고 부터다. 봉래산 골바람을 맞으며 초점 없는 눈빛으로 허태식은 담배를 빨아 당겼다. 바짓가랑이 사이로 들어온 찬바람이 아랫도리를 차고 돈다.

'오늘 하루를 어떻게 보내야 하나?'

이제 겨우 아침 아홉 시다. 허태식은 기침을 하며 생 가래를 뱉었다. 바다에서 봉래산을 향해 떠오르는 태양이 눈부시다.

허태식은 점심을 미리 먹고 설거지를 한 뒤 집을 나섰다.

옛 시청 로터리 뒷길의 '대성화공약품'으로 방향을

잡았다. 대성화공약품 사장은 허태식의 중학교 동창생이다. 배를 타다 늦은 나이에 화공약품 판매업을 시작했다. 주 품목은 염료이다.

대성화공 약품상은 사무실과 창고가 겸용이라 보온과 냉방이 잘 되지 않는다. 손님이 오면 난로가 놓인 구석진 창가 응접의자에 둘러앉자 이야기를 나눈다. 좁고 낮은 도로가에 자리 잡은 대성화공 약품상은 건물에 가려 햇빛이 지나가는 것만 보인다.

오래되어 뒤틀린 출입문을 허태식이 힘을 주어 옆으로 밀었다. 출입문이 불규칙한 소리를 질기게 낸다. 동창생 친구가 허태식을 보고 천천히 신문을 접는다. 허태식은 친구를 보고 반갑게 웃었다. 대성화공 약품상에는 직원이 없다. 일이 있을 땐 허태식도 친구를 도와주기로 했다. 그러나 허태식이 도울 일이 별로 없었다. 뒤틀린 출입문도 잠겨 있을 때가 많다.

친구가 다리를 옆으로 오므리며 응접탁자 아래의 바둑판과 바둑알을 빼어 올린다. 친구는 자신이 백을 잡아야 한다고 말하지만 허태식은 생각이 달랐다. 그날도 서로 백 잡기를 욕심내다가 허태식이 백을 잡았다. 감정이 섞인 바둑은 재미없다. 허태식은 열심히 바둑을 두었지만 승부에는 관심이 없었다. 삼연승을 하면 바둑돌을 바꾸어야 한다고 친구가 강조한다. 허태식은 담배를 꺼내 물었다. 친구도 담배에 불을 붙인다. 마주보고 불을 뿜던 허태식이 한마디 던졌다.

"담배만 피우지 않으면 바둑은 정말 멋진 놀이인데, 이게 마음대로 안 돼."

허태식의 말에 친구가 호방한 척 탁한 목청을 높인다.

"장사도 안 되는데, 담배라도 있어야 살맛이 나지."

허태식은 대꾸하지 않고 바둑판에 머리를 파묻었다. 바둑판 옆 둥근 유리 재떨이에 담배꽁초가 썩은 밤송이 가시처럼 꽂혀있다. 시간이 갈수록 썩은 밤송이 가시는 부풀었다.

창밖이 어두워진다. 한 명의 손님도 못 받은 화공약품상이 문을 닫을 시간이다. 어둠과 네온사인이 뒤범벅이 될 즈음 허태식은 집으로 가기위해 일어섰다. 한 개비 남은 자신의 담뱃갑을 두 손으로 힘껏 주물러서 쓰레기통에 버렸다.

'이 시간부터 금연이다.'

그날 밤, 허태식은 저녁밥을 먹은 후 양치질을 하고 일찍 잠자리에 누웠다.

흡연의 충동을 잠재우기 위해서다. 허태식은 입 속에 배인 니코틴 냄새를 손바닥에 불어 음미하면서 시계를 지켜봤다.

'과연 몇 시간이나 버틸 수 있을까?'

금연을 결심하고 시행한 횟수는 몇 차례 있었다. 그러나 한 달을 넘기지 못하고 실패했다. 이번에는 성공해야 한다고 몇 번이나 다짐했다. 자신의 비참한 처지를 생각하며 금연의 시간을 세고 있었다. 자정이 가까워오자 허태식은 니코틴의 유혹을 견딜 수 없어 베란다를 맴돌았다. 담배를 진열한 슈퍼는 아직도 불을 밝히고 있다. 허태식은 입술을 깨물었다. 금연한 지 겨우 겨우 네 시간이다.

다음 날 아침, 허태식은 일어나지도 않고 누워있었다. 움직이는 것이 귀찮았다. 몸이 늘어지듯 나른했다. 어차피 출근할 곳도 없다. 허태식의 아내는 남편의 결심이 깨어지지 않도록 격려의 말을 아끼지 않았다.

허태식은 손가락을 꼽아보았다. 담배 없이 12시간이 지났다. 허태식은 온몸에서 힘이 빠지는 것을 느꼈고 니코틴에 대한 갈증은 입이 타도록 솟아올랐다. 허태식은 죽은 듯이 하루를 더 누워 보냈다.

다음 날, 아침밥을 먹은 허태식은 대성화공 약품상으로 정신없이 내달렸다. 한 모금의 니코틴을 흡수하기 위해서다. 친구의 담배 한 개비를 빼앗듯이 입에 문 허태식은 간절하게 니코틴을 들이마셨다. 그러자 확장된 동공이 축소되고 가슴이 힘차게 박동되었다.

허태식은 웃었다. 인내의 허탈함에 바보처럼 웃었다. 그리고 흡연은 어리석은 짓이라며 또 다시 금연을 다짐했다. 자신의 폐를 끄집어내어 방금 들이마신 니코틴을 쏟아내고 싶도록 허태식은 후회했다. 한 개비 담배를 얻어 피운 허태식은 반나절을 버티다가 집으로 돌아왔다.

　다음 날, 그 다음 날도 허태식은 집 안을 맴돌며 담배 피우기를 참았다. 방 안을 뒹굴며 외쳤다.

　"가족들의 건강을 위해서라도 담배를 끊어야 한다."

　니코틴에 대한 욕구가 살아나면 허태식은 눈을 감고 다짐했다.

　"깨끗하게 죽기 위해서라도 담배를 끊어야 한다."

　허태식은 죽을 때까지 담배를 끊지 못 한 외할아버지를 떠올렸다.

　―밤새도록 이어지는 기침, 가래 뱉는 소리, 황토색으로 변한 이부자리―

　허태식은 자신의 오른손가락을 펴서 쳐다봤다. 손가락 끝이 누렇게 변색되었다. 담배를 끼워 핀 오른손 엄지와 집게손가락과 가운데 손가락에서 니코틴 냄새가 배어 나온다. 허태식은 다시 한 번 더 금연을 다짐했다.

　그러나 그 다음 날, 한 개비 담배를 얻어 피운 지 사흘째 되는 날 아침, 허태식은 용수철 튀듯 대성화공 약품상으로 내달렸다. 친구의 얼굴이 담배로 보였다. 애원하듯 뽑아 든 담배 한 개비에 피할 수 없는 명령처럼 불을 붙였다. 허태식은 눈을 감았다.

입으로 들이마신 담배 한 모금에 니코틴의 환희와 분리되지 않는 후회가 허태식을 취하게 만들었다. 폐 속을 한 바퀴 돈 담배연기가 콧구멍 밖으로 분출되자 허태식은 정신이 들었다.

'이번이 끝이다.'

허태식은 소리 죽여 다짐했다. 도로보다 낮은 출입문에서 들어온 햇빛을 받으며 친구가 조언한다.

"얼마나 오래 살끼라꼬 그리 고생을 하노?"

사흘 뒤에, 그 다음 사흘 뒤에도 허태식은 대성화공 약품상을 찾았다.

금연을 실시한 후 4개월이 지나서야 허태식은 일주일에 한 번 대성화공 약품상을 찾았다. 일주일에 한 번씩 허태식은 담배 한 개비를 다 피우지 않고 몇 모금의 니코틴을 입 속에 머물게 하다가 뱉었다. 아직도 담배와의 인연은 끊어지지 않았다. 다시 2개월이 지난 후 허태식은 니코틴 없이 일주일을 보낼 수 있었다. 스무 살부터 이십 년간 쌓였던 니코틴의 독성이 허물어지면서 허태식의 목구멍에는 가래가 끓어올랐다. 숨쉬기가 바쁠 정도로 가래가 생겼다. 그러나 담배를 피우지 않는 허태식의 입에서는 풀냄새 같은 향기가 새어나왔다.

허태식은 금연의 다음 단계를 터득했다. 흡연의 욕구가 일면 뻥튀기를 먹는 것이다. 니코틴의 욕구가 치밀 때 사탕도 먹어보고, 비스킷도 먹었지만 반복하기가 힘들었다. 그러나 뻥튀기는 과자류와 다르게 거부감이 없었다.

뻥튀기를 씹으며 견딘 반년의 시간이 흐른 후에도 허태식은 담배 향기에 이끌렸다. 불을 붙이지 않은 담배에서 나는 냄새가 너무도 향기로웠다. 어릴 때 코를 킁킁거리며 맡았던 아버지의 하얀 담배에서 나는 기분 좋은 냄새였다. 담배를 피우던 반년 전에는 느끼지 못했던 냄새였다.

일 년 후, 이제는 금연에 성공했다고 자부하는 허태식이 대성화공 약품상 친구에게 자랑스럽게 말했다.

"팔십 살 되면 하루에 한 개비씩만 피워야지."

오늘도 한 통의 주문 전화를 기다리며 태우는 담배 연기 사이로 석양이 눈부시다.

그해 말, 대성화공 약품상점은 문을 닫았다. 삼년 뒤, 그 친구는 뇌종양으로 삶을 마감했다.

6

괴담 조사 이튿날이다.

방문한 집에는 팔십이 넘은 부부가 살았다. 남편은 조선소에 다니다가 퇴직했다고 하며 신체가 건강해 보였다.

"나는 40년 동안 봉래산 약수를 떠다 먹었어요. 운동 겸해서 하루도 빠짐없이 아내와 봉래산을 올랐지요."

건강을 자랑하는 늙은 남편을 아내가 눈을 흘긴다. 허태식이 어째서 약수를 떠다 먹었느냐고 물었다. 늙은 남편이 어깨를 으쓱거리며 대답했다.

"수돗물은 왠지 찜찜해서…"

허태식이 연이어 물은 어떻게 먹느냐고 물었다.

"그냥 통에 담아 놓고, 먹을 물은 병에 옮겨 냉장고에 넣었다가 먹지요."

대답한 남편이 주위를 둘러보며 한마디 덧붙였다.

"물맛이 시원해요."

허태식과 이국형은 서로 눈치를 살피다가 이국형이 웃으며 나섰다.

"노인정에도 오시고, 시간 나시면 큰길가 천국교회에도 놀러 오십시오."

늙은 부부는 노인정에서 좋은 일 한다고 두 사람을

칭찬을 했다.

다음 집으로 가는 엘리베이터 안에서 허태식이 불안한 눈빛으로 말했다.

"저 영감, 명이 긴 사람이네―"

이국형이 말뜻을 몰라 허태식을 돌아보며 궁금한 표정을 짓는다. 허태식이 웃으며 소리를 냈다.

"약수를 끓이지도 않고 몇 십 년을 먹어서―"

이국형이 고개를 끄덕이고 엘리베이터가 속도와 숫자를 멈춘다.

그날 두 번째 방문한 집은 사람이 없었다. 허태식이 오늘 조사는 마치자고 한다.

다음 날, 괴담 조사를 위하여 방문한 집은 할머니 혼자 있었다.

영감은 작년에 죽었단다. 싱크대에 정수기가 놓여 있다. 할머니가 정수기를 가리키며 자랑했다.

"우리 아들이 어머니 좋은 물 마시라며 사다 준 겁니다."

할머니는 죽은 영감보다 아들 이야기에 열을 올렸다. 올해 오십 살 되는 아들이 이번에 진급해서 구청 과장이 되었다고 꺼낸 이야기가 구르는 실타래에 감긴 실이 풀리듯 끝이 없다.

"우리 아들은 어릴 때부터 똑똑해서."

이국형이 할머니의 말을 잘랐다.

"종교 생활은 안 하십니까?"

할머니는 머뭇거리며 소리쳤다.

"일 년 내내 놀다가 초파일에 불등 하나 다는 게 전부지 뭐, 그것도 이제는 재미도 없어."

이국형이 웃으며 가까운 교회에 놀러 오시라고 하자 할머니가 대답한다.

"이젠 잠도 제대로 못 자고, 몸이 시원찮아 남에게 피해만 돼."

이국형이 눈치를 보다가 할아버지는 왜 돌아가셨는지 물었다.

"뭐, 특별한 병도 없이, 혈압은 조금 높았지만, 그냥 말없이, 갔어, 그래도 좀 더-"

할머니의 슬픔이 터질까 봐 허태식이 헛기침을 하며 자세를 고쳐 앉는다. 이국형이 눈치를 채고 잠시 뜸을 들이다가 일어선다.

"할머니, 오늘 고맙습니다. 건강하십시오."

허태식이 고개를 낮추어 한 마디 덧붙였다.

"정수기 물도 차를 넣어 끓여 드십시오."

할머니가 말없이 문을 열고 섰다. 두 사람이 엘리베이터에 오를 때까지 손을 흔든다.

다음 방문한 집은 이국형 교회의 신도였다.

이국형은 큰 소리로 웃으며 괴담 조사를 했다. 팔십대 부부는 생수를 사 먹었다. 할아버지는 무릎이 안 좋아 거동이 불편했지만 노부부는 일요일에 교회 가는 일을 즐거움으로 삼았다.

괴담 조사를 마치고 돌아가는 엘리베이터에서 이국형이 허태식을 붙잡으며 커피 한 잔 하자며 웃음을 친다. 상가 발코니 의자에 등을 기대고 두 사람은 마주 앉았다. 해풍에 흔들리는 가로수가 두 사람을 반기는 듯하다.

이국형은 첫 마디부터 하느님 이야기를 꺼냈다. 오늘은 마음먹고 시작하는지, 허태식의 눈치를 신경 쓰지 않았다. 허태식도 자리를 박차지 않고 귀를 기울였다. 이국형은 젊은 시절에 운동도 잘하고 술도 남 못지않게 먹었단다. 허태식이 봐도 이국형의 신체는 균형감이 있다.

7

이국형은 초등학교 때부터 교회에 나갔다.

사촌누나를 따라 다닌 것이 생활이 되었다. 이국형은 운동에도 소질이 있어 중·고등학교 시절에는 축구 선수로 활약했다고 한다.

아버지는 경찰공무원이었다. 젊은 시절에 술을 좋아해 어머니의 속을 상하게 했단다. 이국형이 고등학교 때 부모님을 교회로 이끌었다. 아버지보다 어머니가 신앙생활에 더 적극적이었다고 한다. 그러나 어머니는 갑자기 세상을 떠났다. 아버지는 공무원 정년퇴직 후 몇 년 지나지 않아 위암으로 세상을 떴다. 이국형이 삼십대 때이다.

새천년 아파트는 마지막 발령지의 학교 가까운 곳이라 선택했다고 한다. 이국형은 고등학교 행정실 직원으로 퇴임했다. 아내도 교인이다. 같은 교회에서 만나 결혼했다. 아내는 피아노를 잘 쳐서 피아노 개인지도를 하며 가계를 도왔다. 공무원 연금을 받는 이국형은 언제나 여유로운 모습이었다.

허태식은 핏방울 같은 열매를 맺은 벚나무의 늘어진 가지를 바라보다 바다 쪽으로 눈길을 돌렸다. 오륙도 끝자락이 석양에 가물거린다. 허태식은 자신도 모르게 한숨을 쉬었다.

허태식은 내년부터 국민연금을 받을 수 있다.

그것도 뒤늦게 연금 기일을 채워 받게 되었다. 매월 삼십만 원에 가까운 금액이다. 그래도 아내는 공무원 연금을 받는다. 그러나 늦은 나이에 공무원이 되어 근무연수도 적지만 연금개혁조치로 나이에 비해 수령액이 적다. 월 이백만 원이 겨우 된다.

허태식은 새천년 아파트에 결혼하고 들어왔다. 아내의 전셋집이었다. 허태식은 아내와 같은 대학을 다녔고 같은 동아리에서 처음 만났다. 허태식이 군복무를 마치고 복학한 해이다. 두 사람은 대학을 졸업하고 같은 회사에 나란히 취직했다. 자신에 찬 두 사람은 장모의 반대를 무릅쓰고 결혼을 강행했다. 아내가 살던 전세 아파트를 매입하여 둥지를 틀었다. 아파트 구입 대부금은 두 사람의 능력에 비해 두려운 존재가 아니었다.

결혼의 행복함은 길지 않았다. 둘째 아이를 출산하고 외환위기가 터졌다. 두 사람은 선택의 여지도 없이 구조조정의 파도에 휩싸였다.

허태식은 장남이다.

홀어머니를 모시고 세 명의 동생이 있다. 아버지는 원양어선 사고로 일찍 세상을 등졌다. 세 명의 동생들은 결혼하여 모두 부산에 산다. 그러나 막내 여동생은 결혼생활에 실패했다.

외환위기 이후 허태식은 일자리를 쉽게 찾지 못했다. 다행이 아내는 중등학교 기술직 교사가 되었다. 그때 허태식은 국민연금 최저 납부액을 낼 수 없어 국민연금을 포기했다. 몇 번이나 죽고 싶은 시간을 지나 오십 가까운 나이에 집안 사정은 안정되었다. '건물 관리인'이라고 명함은 새겼지만 청소를 해주는 일꾼이었다.

납부기간 십 년을 채우면 국민연금을 받을 수 있다는 새로운 조치 덕분에 허태식은 아내의 도움을 받아 국민연금을 납부했다. 그것도 십 년을 채우려면 아직 일 년이 남았다. 만기가 되면 매달 삼십만 원 조금 못 되는 돈이 나온다. 아내의 연금과 합쳐도 이국형의 연금 액수보다 적다.

허태식은 홀어머니와 소박맞은 막내 여동생과 함께 산다. 허태식의 두 자녀와 함께 여섯 명이 세대원이다. 그래도 아들과 딸이 제 몫을 해서 기분이 좋다.

아들 '한'이는 과학 고등학교를 나와 서울에서 대학을 졸업하고 큰 회사에 취직했다. 딸 '희'도 공부를 잘해 장학금을 받으며 대학 졸업반이 되었다. 이제 결혼만 시키면 된다.

허태식은 한숨을 쉬며 몸을 뒤로 젖혔다. 열매에서 붉은 물이 떨어질 듯 벚나무가 바람에 흔들린다. 1미터 80센티미터의 작지 않은 체구를 지탱하는 플라스틱 의자가 예측 없이 피곤한 소리를 낸다.

요즈음 허태식의 아내는 피로를 호소하며 자주 몸을 웅크렸다. 간간이 내뱉는 기침소리는 허태식의 가슴을 할퀸다. 허태식의 아내는 퇴직 이후 쉬고 싶었으나 시어머니가 운영하는 큰길가 분식집 때문에 마음 편히 누울 시간이 없다.

큰길가 분식집은 자신이 퇴직하는 해, 퇴직 일시금으로 시어머니의 요청으로 개업했다. 소박맞은 막내 딸을 위한 호구지책이었다. 아내의 피곤한 모습을 보고 허태식은 아내를 처갓집에 보낼 계획을 세웠다. 처 갓집은 남해의 바닷가 마을이다.

8

노인회 월례회는 조문하는 자리에서 자동으로 이루어졌다.

새 달이 반도 지나기 전에 또 문상을 가야 했다. 이번에는 103동의 할머니다. 집 안 청소하다 넘어졌는데 그 길로 일어나지 못하고 두 달 만에 죽었단다. 나이는 아직 여든이 못 됐다. 이 아파트에 37년을 살았다.

흰머리가 번쩍거리는 외동딸은 입에서 바람소리를 내며 아쉬움을 토했다.

"음식도 잘 드시고, 활동도 남보다 왕성하셨는데, 어째서 골다공증이 생겼는지?"

외동딸은 연신 좌우를 둘러보며 한탄과 함께 눈물을 훔쳤다.

언제나 빈소 반대편 구석에 자리 잡은 노인회원들은 오늘도 할 말을 잃고 물렁한 과자 한 입씩을 깨물었다. 간간이 들려오는 곡소리 사이로 101동 강 할멈이 높은 음을 쏟아낸다.

"회장님, 뭐 좀, 알아 내셨어요?"

노인회장이 강 할멈을 바라보며 얼른 대답을 못하고 입 속에서 단어가 부서져 연결이 안 된다. 다시 좌중이 조용해졌다. 이국형이 허태식의 귀에 입을 대고 속삭인다.

"이럴 땐 교회에 나와서 마음의 평화를 찾으세요-"

이국형의 입김이 허태식의 귓속을 간질여도 허태식은 웃지 않았다. 허태식은 젊을 때 교회에 더러 나갔다. 언젠가 신앙생활을 하게 될 것으로 여겨 종교에 대한 거부감은 없었다. 그러나 결혼 후에는 신앙생활이 아예 멀어져 버렸다. 이국형이 입을 씰룩거리며 마음속의 소리를 죽였지만 허태식은 이국형이 얄밉지 않았다.

허태식은 한숨을 삼키고 왼손 엄지손가락으로 오른쪽 손목의 맥을 짚었다.

'하나– 둘– 셋– 넷–'

맥박수와 맥의 진동을 마음속으로 재어본다. 부정맥 진단을 받은 뒤에 생긴 버릇이다. 허태식은 자가진맥을 할 때마다 어제보다 더 정상적안 맥박을 기대한다. 그러나 오늘도 어제의 상황과 별다른 차이를 알 수 없다. 허태식은 다시 한 번 맥을 재어보고 고개를 들었다. 부정맥 진단을 받은 직후에는 맥의 진동이 아주 가늘고 희미했다. 병원을 다닌 지 반 년 후에야 혈류가 터진 듯 맥박이 활기차게 진동했다. 그런 뒤로 허태식은 의학의 고마움과 대단함을 피력하고 또 감사하게 생각했다.

초점 없는 허태식의 눈앞에 이국형의 얼굴이 형광등 불빛에 무척 창백하게 보인다. 이국형은 웃고 있다. 문상의 끝은 언제나 말이 사라지고 걸음이 느려진다.

'나도 이 아파트에 40년 살면 죽을까?'

허태식은 왼쪽 가슴에서 찌릿한 통증을 느끼며 주위를 둘러봤다. 어떤 영문인지 이국형의 눈빛과 얼굴에서 교회 종소리가 함께 들린다. 어릴 때 무서운 생각을 하고 났을 때의 환영(幻影) 같다. 이국형은 괴담을 믿지 않았지만 허태식은 두려웠다.

'3년 뒤에 나도 죽는다. 왜 죽는지 모르지만 죽는다.'

허태식은 말없이 이국형의 얼굴을 힐끔거렸다. 이국형은 허태식의 마음을 아는지 모르는지 눈빛이 마주칠 때마다 밝은 표정을 지었다.

9

열흘도 못 지나 겹 초상이 났다.

할머니 한 분과 할아버지 한 분이 한 시간 차이로 세상을 떴다. 두 사람 모두 한국인의 평균 수명을 채우지 못했다. 병명은 특별하게 나타나지 않았다. 그냥 집에서 몸이 가라앉듯 쓰러지더니 숨을 거두었단다.

노인회장은 혀를 차며 안타까워했고, 101동 강 할멈은 목청을 돋우었다.

"회장님, 뭐 좀, 알아보셨어요?"

공격적이던 강 할멈이 고개를 갸웃거리며 스스로 대답을 한다.

"소문 들어보니까, 수돗물에 약을 너무 많이 타서 그렇다고 하던데?"

어디서 들었는지 수돗물에 대한 언질을 하며 분위기를 잡는다. 강 할멈의 말에 허를 찔린 노인회장이 굵은 목소리로 급하게 대답한다.

"다른 아파트랑 비교해봤지만 관리업무에 별 다른 차이점이 없어요."

말을 마친 노인회장이 좌중을 둘러보지만 누구도 속 시원하게 말하는 사람은 없다. 눈빛을 밝히며 두리번거리는 강 할멈의 목소리가 끝을 맺지 못한다.

"그래도 알아 봐야 되는데—"

말을 길게 늘이던 강 할멈이 이리저리 눈치를 살피다가 싱긋 웃으며 목청을 가다듬었다.

"우리는 올 추석 새고, 아들 집으로 이사 갈 거예요."

좌우를 둘러보고 반응을 기다리더니 미소를 감추지 않고 말을 이어갔다.

"우리 아들이 이번에, 해운대에 아파트를 하나 더 장만 했어요."

평소와 다르게 강 할멈의 말이 느렸다.

"60평이에요, 해운대에서—"

강 할멈은 둘러앉은 노인회원들을 다시 한 번 돌아

보고 목청을 높였다.

"그 아파트는 수돗물에 녹이 나지 않는 수도관을 써서 집을 지었대요."

강 할멈의 다음 말에 노인회원들은 부러움 반 두려움 반으로 강 할멈을 쳐다봤다.

"나는 이 아파트에서 죽고 싶지 않아요."

강 할멈은 입을 다물었다. 노인회원들은 아무도 반응이 없다. 강 할멈은 올해 나이 팔십 살이다. 새천년 아파트에 산 지 39년째다.

비브리오 패혈증

1

　괴담 조사반 두 사람은 이 주일 동안 스무 집을 방문 조사하였다.

　그 중 네 집은 사람이 없어 조사하지 못하였다. 이국형이 노인회장에게 중간 결과를 설명했다.

　"괴담에 대하여 아는 사람은 없었지만 수돗물만 먹는 집에 혼자 사는 노인이 많은 것 같습니다. 네 집 중 세

집이 혼자였고 한 집은 할아버지가 아파요."

이국형의 보고를 들은 노인회장이 조심스럽게 말했다.

"강 할멈의 말처럼 수돗물에 문제가 있는 것일까?"

세 사람은 말없이 서로의 얼굴만 쳐다봤다. 노인회장이 안타까운 표정으로 두 사람을 한동안 바라봤다.

허태식과 이국형은 조사하지 않은 나머지 열 집을 다음 주에 조사하기로 계획했지만 허태식이 처갓집에 간다는 말에 괴담 조사를 일주일 미루기로 했다. 조사를 연기하는 동안 변수가 있으면 서로 연락하여 일정을 조절하기로 약속하고 두 사람은 헤어졌다.

허태식의 처갓집은 경남 남해군 서면이다.

처갓집 마을에서 바라보면 한려수도의 끝자락이 손에 잡힐 듯 펼쳐진다. 호수 같은 바다에는 커다란 유조선이 걸어가듯 지나간다. 바다로 이어진 길 아래 비탈진 밭에는 고구마 넝쿨이 유조선보다 더 길게 뻗어 있다. 석양이 하루의 아쉬움을 남기고 사라지면 여수 오동도의 등대불이 오늘도 잊지 않고 반짝인다.

결혼 초, 허태식이 저녁에 바라 본 여수 앞바다의 등대불은 이제 옛날처럼 빛나고 반짝이지 않는다. 여수 시가지 야경과 광양만 공업단지의 불빛이 산을 넘어 섬진강까지 닿아 불야성을 이룬 탓이다. 그래도 유리알 같은 불빛을 달고, 어슬렁거리듯 밤바다를 지나가는 커다란 유조선이 항구를 향하여 울리는 뱃고동의 메아리는 언제나 가슴을 벅차게 흔든다.

허태식의 아내는 2남2녀 중 큰딸이다. 여든 아홉 살의 장인과 네 살 아래의 장모는 아직도 건강하다. 처갓집의 장독대 옆 우물가에는 허리춤 높이의 항아리 두 개가 놓여있다. 식구들의 식수 단지이다. 이렇게 항아리를 식수 단지로 사용한 것은 오십여 년 전 봄날, 시주하는 중이 알려준 식수법 때문이다.

시주승의 식수법은 우물물을 정화하기 위하여 항아리 두 개에 차례로 물을 담는다. 항아리의 물을 하루 정도 재운 뒤 항아리의 팔분 높이의 윗물만 사용하고 나머지는 허드렛물로 쓴다. 두 개의 항아리를 이렇게 교대로 사용한다.

허태식이 장독대 주위를 어슬렁거리자 시주승이 일러준 식수법을 장모님이 되풀이 한다.

"물은 꼭 끓여 드십시오."

지금은 간이 상수도가 보급되어 처갓집에도 수도꼭지에서 물이 나와도 장모는 수돗물을 항아리에 담아 시주승의 식수법대로 드신다.

허태식의 아내는 아랫방에 짐을 풀자 생기를 되찾았다. '엄마' 소리를 내지르며 온 집 안을 누빈다.

2

허태식의 처가 동네는 망운산에서 내려오는 작은 개울을 따라 길게 이루어졌다.

산 아래 윗담이 자리하고, 그 아래 전담이 들어앉고 중간에 마을회관과 정미소등이 찻길 근처에 모여 있다. 찻길 아래에는 바다로 이어진 개울을 따라 듬성듬성 아랫담이 만들어졌다. 버스가 서는 동네 가운데 큰길가에는 축대 위에 소나무 한그루가 높다랗게 서 있다. 소나무가 선 축대 위에서 망운산을 바라보면 마을 끝에 암자 하나가 눈에 배긴다.

허태식은 점심을 먹고 물때에 맞추어 바닷가로 향했다.

아내가 먼저 낚싯대를 챙겼다. 큰길가 소나무를 지나면서 아내는 추억을 외친다.

"저 소나무가 내 삶의 이정표야. 외로울 땐 친구처럼, 힘들 땐 언니처럼, 언제나 내 곁에 있었지. 지금 내 가슴속에 가장 뿌리 깊은 추억은 저 소나무 아래에서 생긴 일들이야."

아내는 허태식을 힐끗 쳐다보며 앞장서서 걸었다. 아내가 동의를 구하려고 말하지 않아도 큰길가 소나무는 처갓집하면 허태식의 뇌리에 자리 잡은 환상이고 현실이다.

바다로 가는 길은 두 갈래다. 마을에서 똑바로 흐르는 개울길이 있고 다른 한 길은 조그만 황토 언덕을 지나 서쪽 방향으로 돌아가는 길이다. 그 길도 또 하나의 개울을 따라 만들어졌다. 아내는 폴싹폴싹 뛰어가며 이야기를 늘여놓는다.

"이 집은 내 친구 외숙이네 집인데, 초등학교부터 고등학교까지 같이 다녔지. 고등학교 때 읍에서 함께 자취하면서."

아내의 친구, 외숙이 이야기는 수백 번도 더 들었다. 허태식은 휘파람을 불었다. 다 아는 이야기지만 아내의 목소리는 쉬지 않고 달려간다.

"외숙이는 외갓집에서 낳았다고 외숙이라 이름을 지었는데."

허태식은 아내의 말을 귓가로 흘리면서 입질하는 도다리 생각에 싱긋이 웃었다. 허태식의 표정을 보고 아내가 더욱 신바람이 났다.

"이 가시내가 맞선만 보면 키가 작다고 퇴짜 놓고, 못 생겼다고 거절하더니, 지금 혼자 살잖아!"

아내의 친구 외숙이는 서울에 산다. 지금도 아내와 가끔씩 연락하는 사이다. 아내의 다음 말은 허태식도 외운다.

"외숙이의 '외'짜가 외갓집 '외'짜가 아니고, 외로울 '외'짜라고 당신이 말했제."

아내는 허태식의 엉덩이를 꼬집었다.

외숙이네의 기와집 골목에서 아내가 까치발을 하면서 소리를 높였다.

"외숙이 있는가? 한번 볼까?"

외숙이네는 사 년 전 아버지가 돌아가시고, 어머니는 허리가 아파 지금 읍내 요양병원에 계신다. 아내는 친구 이야기에 시냇물이 흐르는 줄도 모른다.

"돈 벌어서 고향에 펜션 짓는다던데, 언제쯤 지을랑고?"

외숙이네 집을 지나서 아내의 목소리가 조금 가라앉았다.

"내 죽기 전에 펜션 지을랑가?"

허태식의 표정은 변화가 없다. 처갓집을 나설 때부터 만지면 터질 것 같은 꽃망울처럼 입술이 팽창해 있었다.

"고기 많이 잡아 와. 내 큰솥에 물, 가득 얹어 놓을게—"

장모님의 농담 생각에 허태식의 입술이 픽하며 터졌다. 아내가 허태식을 보고 의아해 한다.

"여기다!"

조그만 황토 언덕의 메밀밭을 지나면서 아내의 이야기는 달라졌다.

아내가 가리킨 곳은 바닷가와 밭 한 떼기 정도의 간격을 남겨두고 자리한 개울 웅덩이다. 웅덩이는 보기보다 골이 깊고 미끄럽다. 버드나무가 늘어진 안쪽 수심은 예측하기 어렵다.

"아버지가 미끼로 새우를 잡던 곳이야."

허태식을 바라보는 아내의 눈빛은 우리도 한 번 새

우를 잡아볼까? 하는 눈치였다. 허태식은 망설였다. 웅덩이 주위가 축축하고 풀이 우거져 신을 벗어야 했다. 허태식의 아내는 웅덩이 가로 들어가 버드나무를 흔들었다. 그리고 웅덩이의 물을 유심히 살폈다. 수면이 잠잠해지자 또 한 번 물에 잠긴 버드나무 줄기를 흔들었다. 그리고 또 고개를 뽑아 물속을 살폈다. 잠잠해진 웅덩이의 물을 보고 허태식의 아내가 소리쳤다.

"거―참, 신기하지?"

아내의 행동을 지켜보던 허태식이 아내의 다음 말을 예측하고 있었다.

"그 비단 물고기들은 다, 어디로 갔지?"

웅덩이 물속을 유심히 바라보던 아내가 서운한 눈빛, 안타까운 눈빛으로 허태식을 바라본다.

―비단 물고기―

아내가 '고향' 하면 빠지지 않는 단어이다.

'비단 물고기'는 아내가 붙인 이름이다. 어릴 때, 초등학교도 들어가기 전에 아버지를 따라 바닷가로 낚시를 가다가 아버지가 미끼로 새우를 건져 올릴 때 이 웅덩이에서 발견한 물고기이다.

아내는 그 물고기를 고무신에 잡아와 집에서도 키웠다. 학교 어항의 금붕어보다는 작고 몸 색깔은 여러 가지 섞여있었다. 머리와 몸통 사이가 마치 무지개 빛깔처럼 빛났다. 머리 부분은 은빛 푸른색이었고, 몸 모양은 금붕어와 피라미의 중간 형태 같았다. 아내는 비단 물고기가 신기해 아버지가 낚시를 가지 않는 날에도 혼자 개울 웅덩이에 가서 비단 물고기와 이야기하며 놀았다.

그러다가 초등학교 사학년 봄, 소풍날 오후, 허태식의 아내는 개울 웅덩이에서 비단 물고기를 만날 수 없었다. 그곳에 가면 언제나 비단 물고기가 헤엄치며 놀 줄 알았던 허태식의 아내는 무척이나 실망했다. 일요일마다 허태식의 아내는 비단 물고기가 놀던 웅덩이를 찾았다. 그러나 새 학기가 되어도 비단 물고기는 돌아오지 않았다.

"왜 비단 물고기가 사라졌습니까?"

아버지에게 여쭈어 봐도 대답은 없다. 엄마에게 졸라대도 비단 물고기의 행방은 알 수가 없었다.

허태식의 아내는 비단 물고기를 찾으려 나섰다.
초등학교 육학년 이른 봄이었다. 외숙이와 함께 비단 물고기가 살던 웅덩이 개울을 따라 망운산 꼭대기까지 올랐다. 하늘과 맞닿은 망운산 꼭대기 샘물에도 비단 물고기는 보이지 않았다. 허태식의 아내는 눈물을 흘리며 석양과 함께 집으로 돌아왔다.
그날 밤 허태식의 아내는 꿈길을 달렸다. 눈앞의 큰 소나무 아래로 비단 물고기가 달아난다. 허태식의 아내는 비단 물고기를 잡으려 손을 내밀었다. 비단 물고기는 잡히지 않는다. 허태식의 아내는 힘껏 달리면서 손을 내밀었다. 소리치며 달려도 비단 물고기는 잡히지 않는다. 큰 소나무마저 보이지 않는다. 허태식의 아내는 온 힘을 쏟아 소리치며 달렸다. 그래도 비단 물고기는 조금만 손 내밀면 잡힐 것 같은 거리를 유지하며 멀어져 간다. 허태식의 아내는 힘껏 소리치다 넘어졌다. 그리고 피를 쏟았다. 주위가 조용해지고 허태식의 아내는 눈을 떴다. 그날 밤 초경(初經)이 시작되었다.

"강원도 깊은 산골짜기에 가면 있을까?"
언젠가 대한민국을 샅샅이 뒤져 비단 물고기를 찾을 것이라고 허태식의 아내는 다짐했다. 결혼 이후에도 비단 물고기에 대한 희망을 포기하지 않았다.
이런 바람에도 허태식의 아내는 결혼 후 한 번도 강원도 계곡으로 비단 물고기를 찾으러 가지 못했다. 아직도 허태식의 아내는 비단 물고기에 대한 미련을 버리지 않고 있다. 비단 물고기가 사라진 지 오십 년이 되었다.

초여름의 햇볕에 아내의 얼굴이 붉다.
파도가 오가는 바다가 보이는 언덕길에서 아내는 허태식의 팔짱을 꼈다. 허태식은 천천히 걸었다. 아내의 발걸음이 토닥토닥 가슴에 와 닿는다. 허태식은 아

내의 마음을 읽으며 발걸음을 옮겼다. 쳐다보지 않아
도 아내의 미소 띤 얼굴이 보인다. 허태식은 아내의
팔을 꼭 끌어 앉았다. 아내의 숨소리가 파도소리 보다
더 크다.

두 사람은 선창가를 두고 반대편 갯바위에 앉았다.
아내는 바닷물에 발을 담그고 연신 무어라 흥얼거린
다. 허태식은 언제나 그렇듯 큰 기대를 가지고 낚싯대
를 드리웠다. 미끼를 단 낚시 바늘이 여수 앞바다까지
갈 것처럼 힘껏 팔매질을 했다.

한 나절을 마무리하는 석양이 화사하다. 파도소리
와 아내의 노랫소리 속에서 허태식은 네 마리의 고기
를 낚았다.

－도다리 두 마리, 노래미 두 마리－

고기를 낚을 때마다 아내는 탄성과 박수를 보냈고
허태식은 노련한 척 했다. 낚은 고기를 정리하면서
허태식은 코를 킁킁 거렸다. 도다리에서 예전의 비릿
하면서 상큼한 냄새가 없고 흙냄새 같은 냄새가 코를
스친다. 허태식은 다시 한 번 더 냄새를 맡았다. 역

시 상쾌한 갯내음은 아니다. 아내가 안타까운 표정을 만들며 허태식의 행동을 지켜본다.

"당신이 너무 예민해서 그렇겠지."

아내의 말처럼 허태식은 후각이 예민하다. 아침에 자극적인 냄새를 맡으면 하루 종일 그 냄새가 코에서 사라지지 않는다고 했다. 그런 허태식을 아내는 종종 놀렸다.

"텔레비전에 나오는 음식 냄새도 맡을 수 있는 과민성 후각 소유자야."

'아니다'라고 대답하며 허태식은 고개를 저었다. 아무리 냄새를 맡아도 싱싱한 냄새가 아니다. 마치 썩은 뻘 냄새 같다. 허태식은 생선을 들고 소리쳤다.

"이거− 먹어도 되나?"

허태식의 아내는 대답 없이 바라만 봤다. 물보라 이는 바다 위의 석양은 두 사람의 시야를 한층 아름답게 만든다.

3

그날 저녁, 허태식은 어둠 속에서 큰길가로 내려왔다.

유성대를 만나기 위해서다. 허태식이 처갓집에 오면 자주 만나는 또래이다. 유성대는 보통 키에 체격은 호리호리 하다. 인상은 예리하기보다 미련하지 않게 보인다. 유성대의 집은 축대 위 큰 소나무 아래에서 바다로 내려가는 길 오른편 첫 집이다. 유성대는 소매치기다. 그렇게 소문이 나 있다. 그러나 허태식이 유성대의 소매치기 장면을 목격한 적은 없다. 허태식은 유성대를 노름꾼으로 더 잘 알고 있다.

십여 년 전 장인 팔순 잔치 뒤 끝에 허태식은 유성대와 하룻밤을 같이 보냈다. 그때 유성대는 자신의 과거를 들려주었다.

유성대는 고등학교를 졸업하고 취직하러 부산에

갔다.

특별한 기술이 없는 유성대는 나이트클럽 기도에 임시로 취직했다. 고스톱 화투가 유행하던 때이다. 클럽에서 밤을 새고 충무동 육교를 지나 숙소로 가는 길은 언제나 초라했다. 클럽에 손님이 뜸한 날 동료들과 고스톱 화투라도 치는 때면 유성대는 돈을 잃었다.

그날도 새벽에 동료들과 고스톱 화투를 치고 바지 호주머니를 털며 숙소로 가는 중이었다. 고개를 숙이고 충무동 육교계단을 밟았다. 계단을 오르내리는 사람들의 발걸음이 재빠르다. 유성대는 느릿느릿하게 계단을 올라 양쪽 계단이 마주치는 부분에서 걸음을 멈췄다. 사주보는 할아버지가 앉아있다.

"사주나 한번 볼까?"

유성대는 사주보는 할아버지 앞에 쪼그려 앉았다. 할아버지의 표정은 변화가 없다. 유성대는 자신의 앞길에 대해서 불안하고 자신이 없었다. 생년월일을 말하고 혹시 좋은 점괘가 나올까봐 유성대는 사주 할아버지에게 두 무릎을 모으고 공손히 앉았다. 사주 할아버지가 눈을 지그시 감으며 유성대를 바라본다. 자신의 앞날을 예언하는 할아버지의 말을 숨죽이며 기다리던 유성대에게 뜻밖의 소리가 들렸다.

"자네, 손이 참 좋은데, 한수 배워 보겠는가?"

유성대는 순간 호흡이 멈춰지는 느낌을 받았다. 지금껏 자신을 칭찬하는 말을 들은 기억이 없었기 때문이다. "예" 하며 놀란 유성대가 사주 할아버지를 의심하며 무시하는 듯한 눈길로 쳐다봤다. 그러나 사주 할아버지는 똑같은 말을 소리쳤다.

"자네 손이 참 좋다는 말이야."

사주 할아버지의 진지한 말투는 유성대의 마음을 사로잡았다.

다음 날부터 유성대는 사주 할아버지의 방으로 출근하였다.

교육시간은 오전이다. 유성대는 할아버지가 가르쳐주는 화투기술 한 가지를 배우면 집으로 돌아와 연습하였다. 이틀간 복습하고 사흘째 날은 복습한 화투

기술을 테스트 받았다. 나흘째 날 다시 새로운 기술을 전수받고, 이를 연습한 다음 사흘째는 또 기술을 테스트 받았다. 칠 일째는 두 가지 기술을 동시에 테스트 받았다. 학습한 기술이 사주 할아버지의 마음에 차지 않으면 되풀이 연습시켰다. 두 가지의 새로운 기술이 익숙해지면 다음 기술로 넘어갔다.

유성대는 날이 갈수록 스승의 실력에 빠져들었고 또 스승을 존경하였다. 스승은 유성대에게 화투기술 말고 다른 이야기는 일체 하지 않았다. 유성대가 개인 생활에 대하여 질문하면 사주 할아버지는 기술이나 똑바로 배우라며 말을 잘랐다.

유성대는 신이 났다. 지금껏 이렇게 열심히 공부해 본 적도 없었고 또 공부하고 싶은 적도 없었다. 한 달이 가고 또 두 달이 흘러 유성대는 스승으로부터 서른여섯 가지의 화투기술을 배웠다. 사주 할아버지는 유성대에게 지금까지 배운 기술을 자신에게 보여 보라고 했다. 유성대는 학교 다닐 때 기말고사 치르기 보다 더 열심히 실력을 펼쳤다. 화투 스승은 유성대의 동작을 보고 만족한 표정을 지었다.

"내가 가진 50가지 기술 중 36가지를 너에게 전수했다. 이 기술만 가져도 어떠한 화투판에서도 이길 수 있다."

화투 스승은 유성대를 보고 아쉬움을 토로했다.

"너의 손은 정말 멋진 손이다. 화투 말고 다른 기술을 익혀 보거라."

유성대는 스승의 얼굴을 쳐다 볼 수 없었다. 사주 할아버지는 힘주어 말했다.

"노름은 하지 마라."

유성대는 새삼 놀라며 나지막이 대답했다.

"예—"

다음 날, 유성대는 선물을 들고 스승을 찾았으나 스승의 방은 새로 지은 집처럼 깨끗하게 비어 있었다.

유성대는 자신의 화투 실력이 궁금했다.

'과연 남들이 눈치를 못 챌까?'

그 첫 시험대상은 나이트클럽 동료들이었다. 숨죽

이며 자신의 화투기술을 확인한 두어 판의 내기 화투 이후 유성대는 고스톱 화투치기에서 돈을 잃지 않았다. 유성대는 즐거웠다.

−너의 손은 정말 멋진 손이다. 화투 말고도 다른 기술을 익혀 보거라.−

스승의 가르침은 아침햇살에 골안개 사라지듯 유성대의 가슴에서 희미해졌다.

유성대가 자신의 손기술을 더욱 분명하게 확인한 때는 군대생활이었다. 사천 원도 안 되는 상병 월급으로 중대원들과 '짤짤이'(동전 따먹기)를 한 월급날 저녁이다. 아무도 유성대의 손놀림을 알아채지 못했다. 판돈에 감질난 중대원들이 '짤짤이' 대신 '짓고 땡' 화투로 옮겼다. 유성대가 기다렸던 순간이다. 화투판에 오고 가는 판돈의 속도까지 조절하며 유성대는 장교들의 월급마저 거둬들였다. 유성대는 어둠에 찬 연병장을 향해 크게 웃었다.

노름은 하지 말라는 스승의 당부를 잊고 유성대는 자신의 속임수에 대한 믿음을 굳게 가졌다. 군 제대

후 유성대는 직장생활을 길게 하지 못했다. 자연스레 노름에 손을 대면서 동료들에게 신임도 잃었지만 유성대 자신이 한탕주의에 빠져 직장생활을 등한시 하였다.

서른도 못 되어 유성대는 본격적인 노름꾼(선수) 생활로 탈바꿈했다.

출발은 여수의 고급 사우나 건물이 들어 선 부둣가에서 시작됐다. 출전이 있는 날은 커다란 외제 승용차에 네 명이 함께 탄다. 운전석에는 기사 겸 기록원, 조수석에는 기도, 뒷좌석에는 물주인 사우나 사장과 나란히 앉은 선수 유성대가 한 세트이다. 출전지에 오는 다른 차도 똑같이 구성되어진다.

시합장에는 칠판이 벽에 걸려있다. 사면의 벽은 보안을 이유로 차단된다. 각 팀의 기록원이 칠판 앞에 선다. 조수석의 기도들은 문 밖에서 경계근무를 하고 선수들은 팬티만 걸치고 노름판에 둘러앉는다. 옷을 벗은 이유는 화투장을 옷 속에 숨기는 것을 방지하기 위함이다. 화투 게임 종류는 아무거나 선택해도 상관없다. 물주인 사장들은 선수 뒤에서 경기를 관람한다.

오늘은 여섯 팀이다. 게임은 고스톱이다. 일 점당 십만 원이다. 유성대가 좌우를 둘러봤다. 맞은편에 눈빛 예사롭지 않은 친구가 있다. 유성대는 그 친구의 손과 손놀림을 유심히 관찰했다. 첫 판은 유성대가 이겼다. 그 다음 판은 눈빛 예사롭지 않은 친구가 이겼다. 다음 판은 다른 팀이 한 판씩 나누어 이긴다. 큰 점수는 아니다. 노름판의 분위기를 띠운 유성대와 눈빛 예사롭지 않은 선수가 더 좋은 패를 가진다. 다른 팀들은 화투패가 신통찮다. 화투패가 잘 들어도 이기지 못한다.

유성대가 두어 판 먹고 맞은편으로 패를 밀었다. 눈빛 예사롭지 않은 선수가 두어 판 먹는다. 나머지 팀들은 고개를 세우고 눈에 핏대를 올려 봐도 한 판을 이기기 쉽지 않다. 유성대가 한 단 높게 기술을 띄웠다. 맞은편의 눈빛 예사롭지 않은 선수가 알아챈다.

맞은편에서 유성대에게 패를 몰아준다. 유성대가 다시 두어 판 받아먹고 맞은편으로 넘겼다. 패를 넘겨받은 눈빛 예사롭지 않은 선수가 판돈을 올린다. 유성대는 못 이긴 척하고 따랐다. 나머지 네 팀 중 두 팀이 뒤로 빠진다.

판이 커진 만큼 화투기술도 집중도가 높아졌다. 유성대의 표정이 엄숙하게 바뀌었다. 눈빛 예사롭지 않은 선수도 얼굴이 굳어진다. 노름판은 유성대와 눈빛 예사롭지 않은 선수의 손놀림만 분주하다. 나머지 팀들은 돈 세기에 바쁘다. 판은 오래가지 않는다. 유성대와 눈빛 예사롭지 않은 선수가 교대로 나누어 먹는 판돈이 쌓일수록 나머지 팀들은 방바닥만 바라본다. 균형이 맞지 않던 노름판은 깨어진다. 나머지 팀들이 자리에서 일어선다.

번쩍이는 칠판에는 유성대와 눈빛 예사롭지 않은 선수의 판돈 금액만 기록되어 있다. 방바닥을 바라보던 팀들이 손을 털고 사라진 뒤 유성대와 눈빛 예사롭지 않은 선수의 물주가 판돈을 이등분하여 가져간다.

집으로 돌아가는 길에 사우나 사장이 유성대를 바라보며 속삭인다.

"다음에도 이길 수 있을까?"

선수의 실력이 소문나면 노름꾼들이 모이지 않는다. 유성대는 한 곳에 오래 머물지 않았다. 아니 오래 머물 수 없었다. 길어야 두 달을 채우고는 다른 곳으로 떠났다.

전국을 돌며 노름판 선수 생활을 하던 유성대가 단한 번 돈을 잃은 곳이 포항의 한 다방이라고 말했다. 마담이 호기롭게 노름 이야기를 하기에 유성대가 마담을 얕보고 장난삼아 한 판을 벌였다가 초반에 돈을 잃었다. 자세를 추슬러 다시 판을 벌이려고 하자 마담이 정색하며 거절했다고 한다.

유성대는 너털웃음을 웃으며 허태식을 바라봤다.

"여자라고 깔봤다가 멋지게 당했어요."

허태식을 바라보던 유성대가 또렷한 목소리로 이야기를 마무리했다.

"어디를 가든 노름은 하지 마세요. 허 형!"

4

유성대는 마흔이 넘어서 어린 아내와 아들의 손을 잡고 고향으로 돌아왔다.

혼자 고향을 지키던 어머니가 몸져누운 뒤이다. 유성대는 소를 키웠다. 집안일은 나이어린 아내가 말없이 도맡았다. 유성대는 간혹 육지로 나갔다가 예측 없는 시간을 보내고 돌아왔다. 그는 무슨 일을 하고 왔는지 아내에게 말하지 않았고 아내도 캐묻지 않고 무사히 돌아온 것을 환영했다. 그래도 그의 아들이 벌써 대학을 졸업하고 진주에서 직장을 다닌다.

허태식은 부산 충무동 육교의 사주 할아버지가 반

했다는 유성대의 손에 늘 시선이 갔다. 그의 손은 어린아이 손처럼 부드럽고 통통하게 생겼다. 그리고 손가락이 길었다. 주먹을 쥐어도 뼈가 돌출되지 않고 손등이 오동통한 형태, 그대로 있다. 즉 손 안에 무엇을 쥐었을 때나 안 쥐었을 때나 손등 모양이 똑같은 형태, 그것이 화투기술 사용에 좋은 손의 조건이었다. 유성대의 손은 손 안에 화투장을 빨아 붙인다. 그래도 손의 외형에는 표시가 나지 않는다.

허태식은 유성대의 화투기술시범을 보았다.

고스톱 화투의 기본 속임수다. 고스톱에서 가장 중요한 화투 패인 새 세 마리가 있는 '팔' 월짜리는 항상 자신의 영역에 둔다. 손에 쥐든지, 판에 깔든지, 중앙 패의 첫 장에 얹든지 아니면 중앙 패의 맨 밑에 깔든지, 항상 자신의 머릿속 자리에 둔다. 놓는 방법은 상황에 따라 처리한다. 그리고 규정된 숫자보다 많은 화투장를 손에 쥔다. 당연히 상대방이 알아채지 못하게 패를 감싸진다. 승부는 오래 끌지 않는다. 물론 자신이 선을 잡고 화투 패를 놀리는 것을 기준으로 한 것이다. 실전에서도 상대방은 유성대의 기술을 알아채지 못했다.

화투를 칠 때 유성대의 손놀림은 언제나 바쁘다.

양손 다 쉴 새 없이 움직인다. 기술을 시행할 때는 어김없이 상대편의 행동을 확인한다. 상대편이 자신의 패를 보면서 상황을 추산할 때를 놓치지 않는다. 유성대의 손기술 중 압권은 화투장을 손바닥에 붙여 자리를 옮기는 것이다. 예를 들면 상대편에서 중앙에 깔린 패를 선택하여 먹으려 하면 유성대는 상대편이 먹으려는 패와 똑같은 자신의 패를 중앙 패에 얹어놓는다. 그러면 상대편에서 힘차게 패를 치고 중앙 패를 뒤집으면 친 패와 똑같은 패가 나온다. '설사'다. 특히 점수가 날 확률이 높은 패일수록 작업 효과는 적중한다.

유성대는 손 속임수 말고도 화투장 차리기 등 여러가지 기술을 보여줬다. 그 중에서도 허태식이 제일 신기하게 본 것은 스무 장의 화투를 뒤집어 차려놓고 하

나씩 다시 뒤집어 알아맞히는 기술이었다. 허태식은
유성대의 화투기술을 보고 한동안 입을 다물지 못하고
웃었다.

유성대의 마무리 인사는 똑같다.
"허 형, 노름하면 안 됩니다."
화투 선수로 소문 난 유성대는 마을에서 화투를 칠
수 없었다.

다음 날 오후, 허태식은 유성대의 권유로 함께 읍내
로 나갔다.
유성대는 효자문 삼거리 근처 강씨 횟집을 찾았다.
효자문 삼거리에서 읍 중심지 쪽으로 오십 보 정도거
리다. 효자문 삼거리는 읍내에서 동·서 방향으로 드
나드는 길목이다. 효자비가 세워진 비각 입구는 쇠창
살로 막아 놨다.
횟집의 강씨는 유성대보다 나이가 두 살 많다. 유성
대의 중·고등학교 선배이다. 강씨는 횟집 끝 방으로

유성대를 안내했다. 끝 방에는 가벼운 가재도구가 놓여있다. 유성대는 자기 집 아랫방처럼 행동했다. 허태식에게 막차로 돌아가자고 했지만 허태식은 믿지 않았다. 지난번에도 이런 일이 있었다. 막차는 저녁 8시에 떠난다.

남해에 낚시하러 오는 외지인들이 읍내를 거치면서 더러 삼거리 강씨 횟집을 찾았다. 강씨 횟집은 주차장이 넓다. 밤을 새우는 외지인들은 화투놀이를 즐겼다. 그럴 때 강씨는 외지인 상대로 유성대를 불렀다.

이른 저녁을 먹은 뒤 노름판이 벌어졌다. 유성대는 눈웃음을 지었다. 허태식도 같이 웃었지만 그 뜻은 자세히 모른다. 유성대의 손놀림이 바쁘다. 유성대의 손이 움직일 때마다 손 안의 패와 중앙의 패가 바뀌는 줄을 낚시꾼들은 모른다. 유성대는 가오리 포를 연신 찢어 물며 흥을 돋운다. 허태식은 노름판에 끼지 않았다. 삼거리의 석양이 네온사인으로 바뀌고 노름판은 달아올랐다.

이제나 저제나 하며 기다리던 허태식은 막차를 놓쳤다. 노름판을 지켜보던 허태식은 강씨에게 귀띔하고 밖으로 나왔다. 비가 내린다. 허태식은 효자문 삼거리를 배회하는 택시에 올랐다. 가로등에 빛나는 '유배 문학관'의 광고 간판이 을씨년스럽다.

　이튿날 정오쯤 허태식은 유성대에게 전화를 했어나 연결되지 않았다. 허태식은 노름꾼들의 행동방향을 나름대로 추측하며 전화를 기다리지 않았다. 노름꾼들은 한 판 시작하면 밤샘은 예사다. 통상 한 판에 이박 삼일은 기본이다. 어젯밤, 유성대도 밤을 새우고 늦은 아침에 목욕탕을 거쳐 보양식을 찾고 회포를 풀 것이다.

　허태식은 점심을 먹은 후 유자차를 마시며 아내와 함께 시간을 보냈다.

　하늘색 작은 항아리에 담긴 유자청을 내어온 장모님의 인사는 허태식의 귀에 언제나 향기롭다.

"우리 큰사위 오면 줄려고 내가 특별히 아껴놓은 유자청이다."

장모님은 해마다 유자청을 담는다. 대나무밭 옆의 우물물을 항아리에 재워서 삭인 물로 유자를 깨끗하게 씻는다. 유자 속을 비워 낸 유자껍질을 가늘게 잘라 설탕에 재운다. 유자 속을 함께 담으면 유자청의 맛이 시고 깔끔하지 않다. 남해사람들은 유자청 하면 당연히 유자껍질로만 담은 유자청을 생각한다. 상점에서 파는 유자청은 그렇지 않다.

허태식의 장모는 유자청을 작은 항아리와 큰 항아리 두 곳에 담근다. 하늘색 작은 항아리에 담근 유자청—우리 사위 오면 주려고 담은 특별한 유자청—은 입에서 보다 콧속에서 더욱 강한 느낌을 준다.

결혼 초기 장모님이 담근 유자청을 맛 본 허태식의 친구가 유자향에 취해 한 말이다.

"야— 이거, 정력제 아니가?"

유자 껍질의 과육이 씹히며 살아나는 유자의 과즙

과 향기는 코를 넘어 머리까지 찔러댄다.

집 뒤뜰의 오래 된 유자나무 한 그루, 장모님은 시부모님의 보살핌으로 생각했다.

"아랫담의 유씨가 어젯밤 읍내 병원으로 실려 갔단다."

해질 녘 큰길가 소나무 아래 저자거리에 다녀 온 장모님의 목소리에 허태식은 벌떡 일어섰다. 유성대가 갑자기 토하고 배가 아파서 밤중에 병원에 갔단다. 허태식은 대수롭지 않게 생각했다. 가오리 포를 질근거리며 화투 패를 나르는 유성대의 모습을 떠올리며 별다른 걱정 없이 장모님의 이야기를 들었다. 그러나 다음 날 들리는 소문에는 유성대가 많이 아파서 진주의 대학병원으로 실려 갔다고 한다.

사흘 뒤 구급차의 사이렌 소리에 허태식은 빨려가듯 유성대의 집으로 달렸다. 유성대는 큰 방 마루에 송장처럼 누워있었다. 그의 아내와 아들은 얼이 빠져

감정이 없는 사람처럼 보였다. 허태식은 보건소에서 나온 공중보건의사 뒤에 움츠리고 섰다. 유성대의 상태를 확인한 체구가 아담한 공중보건의사가 고개를 돌렸다.

유성대의 다리 상처를 꿰맨 봉합사가 마치 스프링 노트의 연결 스프링처럼 헐겁게 꿰매져 있었다. 눈의 초점을 어디에 둬야 할 지 불편해하는 공중보건의사에게 유성대의 아들이 흐느끼며 말했다.

"무슨 이런 병이 다 있냐? 어차피 살지 못할 것이고, 이렇게 갑자기 염증을 일으키는 이유나 알아보자? 의사 선생님이 이런 말씀을 하시면서 정강이 쪽을 해부해 보시고 이렇게 꿰매어 놓았답니다."

공중보건의사와 함께 온 보건소 직원에게 허태식이 무슨 병이냐고 귓속말로 물었다.

"비브리오 패혈증입니다."

"비브리오 패혈증?"

허태식이 잠시 숨을 고르다가 어떻게 해서 이런 병

에 걸렸냐고 보건소 직원에게 다시 물었다.

"오염된 바닷물에서 자란 해산물을 날로 먹어서 감염되었습니다. 수온 25도씨 이상 되면 나타납니다."

허태식은 두려운 눈빛으로 보건소 직원을 바라봤다. 보건소 직원이 다시 입을 열었다.

"건강한 사람은 발병하지 않습니다. 간이 건강한 사람은 괜찮다고 되어있습니다."

허태식은 고개도 끄덕이지 못하고 우두커니 서 있었다. 공중보건의사의 뒤를 따르는 보건소 직원이 다시 한 번 더 말했다.

"40살 이상 노년층은 조심해야 합니다."

허태식은 나흘 전 가오리 포를 입에 물고 웃던 유성대의 모습을 생각하며 믿기지 않는 표정으로 하늘을 쳐다봤다.

"간이 건강한 사람은 괜찮다고?"

허태식은 갑자기 두려웠다. 온몸에 소름이 돋았다. 유성대를 위하여 아무것도 할 수 없는 허태식은 읍으

로 돌아가는 보건소 직원들을 따라 처갓집으로 올라
왔다.

5

이국형과 약속한 시간은 일주일이다.

허태식은 아내에게 병원에 가 보자고 말했지만 아
내는 여기에서 좀 더 머물고 싶다고 한다. 허태식은
아내의 말을 따라 이튿날 혼자 부산으로 갈 것을 결정
했다.

그날 오후, 허태식은 아내와 함께 마을 위 암자에
올랐다. 허태식은 유성대의 생각이 뇌리에서 사라지
지 않았다. 유성대의 마지막 모습이 떠오를 때면 심장

박동이 빨라지고 호흡이 가파졌다. 아내는 즐겁게 발걸음을 옮겼지만 허태식은 아내의 뒷모습이 무겁게 보였다.

처갓집 대나무 밭을 돌아 돌담 집 하나를 지나면 암자가 높다랗게 나타난다. 암자는 법당 한 채에 간이 건물 하나다. 법당 마당까지 오르는 좁은 시멘트 길이 개울보다 더 구부러졌다. 허태식은 아내와 나란히 부처님께 절을 올렸다. 부처님은 말이 없다. 허태식은 아내가 오래 살기를 빌었다. 부처님께 삼배를 마친 아내가 허태식을 보고 웃는다. 당신이 기도한 내용을 다 안다는 뜻이다. 허태식은 웃지 않았다.

부처님 좌우로 수많은 불빛이 반짝인다. 위패등이다. 천당에 간 사람들의 이름이다. 허태식은 양쪽 벽을 채운 위패등을 바라보다 아내의 기침소리에 고개를 돌렸다. 허태식은 아내의 손을 잡았다. 거친 감촉 사이로 체온이 느껴진다. 허태식은 아내의 손을 힘껏 쥐었다. 아내가 손을 앞으로 이끈다.

허태식은 불전함에 삼만 원을 넣었다. 만 원은 아내의 공덕, 이만 원은 자식들의 공덕이다. 허태식은 한 번 더 부처님께 합장하고 물러섰다. 부처님의 표정은 변함이 없다.

새천년 아파트로 돌아온 토요일 오후다.

허태식은 이국형과 맥주 캔을 놓고 마주 앉았다. 이국형이 환한 미소를 지으며 일주일 사이 새천년 아파트의 분위기를 전한다.

"아파트에 40년 살면 죽는다는 말인지? 우리 아파트에 40년 살면 죽는다는 말인지? 주민들이 헷갈려요. 나도 헷갈리긴 마찬가지지만…"

허태식은 이국형의 이야기에 고개를 끄덕이다 처갓집 동네의 유성대 이야기를 들려주고, 수질오염의 무서움을 토로했다. 이국형은 캔 맥주 한 모금을 마시고 입을 벌리며 얼굴을 환하게 편다. 허태식은 이국형이 늘 웃는 얼굴을 만드는 것이 부러웠다. 허태식이 이국형의 눈치를 보다 짧게 말했다.

"나도 교회에 가야겠소."

이국형이 눈을 크게 뜨며 환호한다.

"허 어르신, 정말 잘 생각하셨소. 하늘은 스스로 돕는 자를 돕습니다."

허태식은 이국형의 얼굴을 보고 자신의 기도로 아내가 환하게 웃는 얼굴을 떠올렸다.

국제 사기꾼

1

괴담 조사 셋째 주 첫날, 방문 첫 집이다.

현관문을 열자 묵향이 다가온다. 두 사람은 잠시 심호흡을 하며 현관에 서 있었다.

거실 한쪽에 화선지와 필묵이 놓여있다. 일흔 중반의 주인 영감은 수돗물에 정수기를 사용했다. 정수기의 효능을 믿었다. 자신이 할 수 있는 정수 방법은 그

게 최고란다. 할멈은 집에 없다. 눈만 뜨면 포교당에
간다고 한다. 주인 영감은 고혈압과 통풍이 있었다.
고혈압은 유전적 요소가 많다고 한다.

이국형이 좋은 취미를 가지셨다며 서예에 관하여
물었다. 주인 영감은 기다렸다는 듯 침을 삼켰다.

"이거— 한 지 얼마 안 됐어."

주인 영감은 두 사람이 이야기에 끼어 들 여유를 주
지 않았다. 묵향을 즐기게 된 주인 영감의 사연이다.

환갑이 지나면서 주인 영감은 친구들과 만나면 으
레 당구 한판 치고, 술 한잔 하면서 끝도 없는 세상 이
야기 하고 또 하고, 그리고 기분 푼다고 노래방에 들른
다. 그렇게 세월을 보냈다. 그런데 한 친구가 만나면
되풀이 하는 말이 있었다.

"너 거도 예술 해라, 예술."

만나면 '예술 하라'는 친구에게 주인 영감이 되레 고
함을 쳤다.

"니나— 예술 많이 해라, 자슥아."

그 친구는 멀리 있어 동창회 때나 특별한 일이 있을

때 만났다. 주인 영감이 퇴짜를 놔도 그 친구는 예술 이야기를 계속했다.

"너 거도 예술 해라, 예술."

주인 영감의 친구가 전하는 예술에 대한 이야기다.

그 친구가 서른 살 때, 직장 근처 상점에 사무실의 필요한 물건을 사러 갔는데 그 상점 주인이 물건 줄 생각은 않고 소리치더라고 했다.

"니도— 예술 해라이— 예술."

그 친구는 속으로 웃었단다. 나도 때가 되면 예술 할 것이다. 멋진 글을 쓸 것이라고 생각하고 있었기 때문이었다.

"난 이게 이렇게 좋은 줄 몰랐다."

겨우 육 개월 동안 서예 교실에 다닌 상점 주인의 말이었다.

"노인정에 가면 아침부터 누우런 담요 펴놓고 화투 치는 사람들 있어, 대개 공무원 한 사람들이 많아, 아 주— 보기 싫어."

상점 주인은 그 친구에게 다짐하듯 소리쳤다고 했다.

"니도- 꼭, 예술 해라이, 예술-"

예술(서예)에 빠진 상점 주인의 나이는 그때, 예순일곱이었다.

친구들에게 예술을 부르짖던 주인 영감의 친구는 육십이 되도록 자신이 들은 말 중에서 제일 가슴에 와닿는 말이라고 했다. 그 친구가 친구들에게 예술을 외칠 때, 주인 영감이 물었다.

"내가 뭘 잘하는지 알아야 예술을 하지."

그 친구가 이렇게 대답하더란다.

"초등학교 때 제일 하고 싶었던 것을 하면 된다."

예술을 외치던 그 친구는 지금 소설가다. 아니, 예술가가 되었다. 예순이 넘어 소설책을 펴냈다. 그 친구는 친구들에게 이렇게 마무리하더란다.

"예술은 세상을 아름답게 하는 것이다. 아니, 나 자신을 더 아름답게 만드는 일이다."

주인 영감은 우연히 광복동에서 콜라텍 광경을 보았다.

'예술 하라'는 그 친구와 만나 시내에 저녁밥을 먹으려 간 때이다.

—땅거미 깔린 거리에 콜라텍에서 쏟아져 나온 늙은이들, 검고 짙은 색 옷을 차려 입은 늙은 남자와 여자들—

마치 공동묘지에 내려앉은 까마귀 떼 같은 생각이 들었다면서 주인 영감은 이국형과 허태식을 쳐다봤다. 대답 없는 두 사람에게 '당신들도 예술 하세요?' 하고 묻는 표정이다.

주인 영감은 일주일에 두 번 나가는 서예교실에서 아파트 괴담을 들은 적이 있었지만 별 관심을 두지 않았다고 했다. 괴담 조사를 마친 두 사람은 뒷걸음질하며 그 집을 나왔다.

아파트 복도 베란다 창으로 보이는 전경이 새롭다. 허태식과 이국형은 말없이 바라보며 눈길을 교환했다. 방금 전 서예를 하는 집 주인 영감의 말이 귓속을 파고든다.

"퇴직금에서 10%만 예술에 투자하면 인생이 아름다워져요."

2

103동 501호, 박태랑 95살.

괴담 조사 마지막 앞집이다. 그는 괴담 조사반의 방문을 기다린 듯 두 사람을 반갑게 맞이했다. 허태식과 이국형은 그가 손수 내어온 차를 마시며 그의 이야기를 들었다.

그는 일본에서 태어났다. 아내는 없다. 한국인 아버지와 일본인 어머니 사이에서 태어나 해방 이후 한국으로 넘어 와 마산에 정착했다고 한다. 마산은 아버지의 고향이다. 일본에는 아직 돌아오지 않은 형제들이 있다고 했다. 큰아들은 일본 국적을 가지고 한국을 오가며 산다.

박 노인이라고 불리는 그는 일본에서 기술전문학교를 졸업하고 한국에서 전기 기술자로 일했다고 한다. 해방 후 전기 기술자가 귀했던 한국에서 상공부 특별계약직 공무원으로 채용되어 경남도청에 발령받았다. 정년퇴직은 마산 정수장에서 가졌다. 전기에 관한 일은 못하는 게 없다며 자랑했다. 그는 퇴직 후 극장의 영사기 운전과 수리로 용돈을 벌었다.

이곳 부산 영도는 아내의 영원한 고향이기도 하며, 아들 내외가 일본에서 다니기 쉬운 곳이라 선택했다고 한다. 그는 아파트 괴담의 원인을 아는 듯 자신 있게 수질오염에 관한 이야기를 털어났다. 우리나라도 산업발전으로 오염이 일상적 현상이 되었다면서 40년 전 오염 사건부터 이야기를 시작했다.

낙동강 페놀유출사건은 40년 전 봄에 일어났다.

"3월 14일인가? 15일인가? 날짜는 헷갈려도 그날이 월요일은 분명해요."

박 노인은 낙동강 페놀유출사건이 일어난 날을 기억했다.

"그때, 구미의 전자공장에서 페놀이 유출되어 낙동강을 식수원으로 쓰는 영남지역 천만 국민이 다 죽을 듯이 떠들었어요?"

허태식과 이국형은 기억을 되살리는 듯 눈을 깜박거리며 그를 쳐다봤다. 그는 녹차를 한 모금 머금었다 삼키고 다시 입을 열었다.

"그 와중에 아주 큰돈을 번 사람이 있었어요."

뜻밖의 이야기에 허태식과 이국형이 그의 이야기 속으로 빠져 들었다.

창밖을 바라보며 웃음을 흘린 그는 흥분을 감추지 못했다.

"그 약품을 판 사람은 형제간인데, 형제가 서울대 상대와 법대를 나왔어요?"

박 노인은 다시 입을 축이고 침을 삼키며 말을 이어

갔다.

"그 약품이 '액체염소'라는 것인데, 그게 우리나라에는 없었어요."

－액체염소－

박 노인이 한 번 더 액체염소를 강조했다. 허태식과 이국형도 박 노인을 바라보다 침을 꼴깍 삼켰다.

"그 액체염소는 독일제품으로 한국에서는 수처리 약품으로 허가되지 않은 약품이었어요."

박 노인의 이야기에 빠져있던 두 사람이 동시에 마주보다 이국형이 웃으며 질문을 했다.

"영감님, '염소'가 뭡니까?"

박 노인이 두 사람의 표정을 보고 고개를 끄덕거린다.

"거－ 왜－, 히틀러가 유대인을 죽였다는 독가스 말이요, 그 독가스가 염소예요."

박 노인의 설명에도 두 사람은 눈만 깜박거린다. 박 노인이 잠시 멈추었다 다시 설명한다.

－액화염소－

"우리가 정수장에서 수돗물에 사용하는 소독제의 명칭이에요. 염소라 부르는 가스의 정식명칭이지요."

액화염소는 저온에서 액체로 보관되며 상온에서 가스로 전환되는 물질이며 대포알처럼 생긴 1톤 쇠 용기에 저장, 운반 한다고 박 노인이 염소가스를 설명했다.

"정수장에서 처음이나 마지막에 투입하는 처리약품이에요. 수질에 따라 두 군데 다 투입하기도 해요."

입맛을 다시며 박 노인이 말을 이어간다.

"액화염소가 취급이 어렵고 다소 부작용이 있고 하나 이것만큼 값싸고 소독효과가 좋은 것이 없어 19세기부터 지금까지 사용하고 있대요."

40년 전의 이야기에도 허태식과 이국형은 지루한 줄 몰랐다. 박 노인은 두 사람의 반응에 안도하는 지 미소를 띠었다.

"그러니까, 그 액체염소라는 것은 액화염소를 액체화 했다는 거예요. 우리나라에서는 아직 실용화되지 않았어요."

박 노인이 주위를 한 번 둘러보고 한숨을 내쉬었다.

"그 액체염소의 수처리제 허가 과정이 상당히 우스워요."

다음은 박 노인이 알고 있는 액체염소의 수처리제 허가와 사용에 대한 이야기다.

3

액체염소 사장은 서울대학교를 졸업했다.

독일에서 유학하고 그곳에서 자리 잡았다. 독일 생활을 하면서 그곳 한인회장도 역임했다. 나이가 들어 그는 새로운 사업으로 액체염소 판매를 계획했다. 그 목표는 한국이다.

액체염소 사장은 조카를 비서로 데리고 다녔다. 서른이 갓 넘은 조카도 서울의 명문 사립대학을 나왔다.

용모는 국제적 세월로 다져진 삼촌보다는 초라했다. 두 사람이 마산 정수장을 방문한 날, 정수장 관리소장은 실험실 책임 직원 오기성을 불렀다. 관리소장실 분위기는 액체염소 사장에게 압도되어 관리소장의 얼굴은 홍당무가 되었다.

오기성은 자연스레 비서와 친해졌다. 젊은 비서는 오기성에게 액체염소에 대한 서류를 한 보따리 건넸다. 그러나 내용이 모두 독일어로 쓰여 있다. 젊은 비서는 연신 웃음을 보이며 오기성을 안심시켰다.

"모든 허가서류는 '어른'이 다 알아서 처리할 것이니까 너무 걱정하지 마세요."

젊은 비서는 액체염소 사장인 큰아버지를 '어른'이라 불렀다.

오기성은 크게 싫지 않았다. 그렇지 않아도 기온이 낮은 겨울철에 염소 투입이 어려워 관말 잔류염소 농도가 낮아 걱정거리였는데, 액체염소를 개발했다니 구미가 당겼다. 그것도 독일제품이라니 더욱 믿음이 갔다.

두 번째 만남부터 젊은 비서는 오기성을 형님이라 불렀다.

나이는 한 살 차이였다. 사장 조카인 젊은 비서는 오기성이 난처해하는 부분을 미리 파악하고 설명했다.

"조금 있으면 유명 대학교에서 우리 액체염소에 대한 논문이 나올 겁니다. 걱정 마십시오. 오 형님."

그의 말대로 얼마 지나지 않아 액체염소에 대한 연구 논문 한 편이 나왔다. 저자는 서울의 명문 사립대학의 환경공학과 교수이다. 사장 조카는 갈수록 오기성에 대한 믿음을 보였고, 오기성도 새로움을 개척하는 심정으로 노력했다.

오기성은 연구논문을 살펴봤다. 가장 중요한 액체염소의 현장 투입 수량이 자신의 생각과 차이가 컸다. 오기성은 액체염소를 동절기 비상투입 약품으로 사용할 계획이었으나 연구논문에는 상시 사용하도록 권했으며 사용량도 오기성의 예상보다 10배 이상 많았다.

오기성은 잔류염소 농도 유지를 위한 최소한 농도

인 0.1~0.2피피엠 또는 그 이하농도로 계산하였다. 그러나 연구논문에는 2~5피피엠을 적정투입 농도로 산출하였다. 연구논문대로 현장에 투입하면 일 년에 수억 원의 예산이 더 소요된다.

오기성은 고개를 흔들었다. 오기성이 액체염소를 사용하려는 것은 전 처리 투입하는 염소의 보조제 또는 비상투입 약품으로 고려하였던 것이다. 연구논문의 내용에 대하여 의구심을 가지며 망설이는 오기성에게 사장 조카는 연구논문을 믿어도 된다면서 새 명함을 건넸다.

'공장장 우한영'

명함을 받아 들고 부러워하는 오기성에게 액체염소 공장장이 던진 말이다.

"연구 논문 하나 쓰는 데 삼천만 원 들었습니다."

잠시 박 노인의 말이 끊어진 사이로 이국형의 한숨이 새어나왔다. 오후 4시다. 그때 인터폰이 울린다. 파출부다. 박 노인의 식사와 주거를 확인하는 여인이다.

파출부가 들어서기도 전에 이국형과 허태식이 내일 이 시간에 다시 오겠다며 일어섰다. 박 노인은 미소를 지었지만 섭섭함이 얼굴에 보였다.

4

액체염소의 투입계획은 오기성의 예상보다 빠르게 진행되었다.

그것은 액체염소공장의 적절한 서류 보완과 고동도의 영업력 덕분이었다. 오기성도 별다른 대안 없이 액체염소 투입에 동의하였다. 액체염소에 대한 자료를 조사하면서 오기성은 액체염소의 불안정한 화학반응, 발암물질 생성의 개연성 등의 우려를 발견하였다. 그러나 액체염소에 대한 깊이 있는 자료나 책임성 있는 자문은 구하기 어려웠다.

오기성은 현장투입실험을 제안했다. 주안점은 관말잔류염소 농도유지 확인이다. 반나절이 소요된 액체염소 시험투입은 성공적이었다. 정수장 여과지에서 투입한 액체염소 농도가 관말에서도 적정농도를 유지했다. 우 공장장은 오기성의 과감한 행동에 입이 벌어졌다.

그날 밤, 오기성은 우 공장장 일행과 함께 룸살롱에 갔다. 오기성을 위한 자리이다. 텔레비전에서나 보았던 호텔 룸살롱을 오기성은 처음이었다. 마치 스타가 된 것처럼 공장장의 낯간지러운 칭찬을 받으며 오기성은 커다란 의자에 파묻혔다. 음향기기를 앞세운 밴드가 들어오고, 눈부신 조명 아래 허벅지를 드러낸 아가씨들이 등장했다. 오기성은 어색했지만 술에 취했다.

이듬해, 액체염소 투입에 대한 예산 편성은 오기성이 요구한 금액보다 훨씬 많이 책정되었다. 이런 일은 극히 드문 일이다. 오기성은 자신이 알 수 없는 일들이 일어난다는 것을 두렵게 느꼈다.

오기성은 액체염소공장을 방문했다. 공장 상태를 확인하기 위해서다. 액체염소공장은 마산 정수장에서 십 리 정도 떨어진 거리에 지어졌다. 크지 않은 건물에 일층은 생산 작업장을, 이층에는 사무실을 만들었다. 공장 빈터에는 도색한 오 톤 트럭 한 대와 승용차 두 대가 서 있다.

오기성은 실망했다.

세계적인 특허 제품을 생산한다는 공장이 구경할만한 기계장치도 없고, 직원은 대여섯 명에 불과했다. 그것도 영업부장을 빼고 직원들 모두가 운전기사다. 오기성은 실망한 표정을 감추지 못하고 돌아섰다. 공장장이 십만 원권 수표 한 장을 내밀며 택시를 타고 가라 한다. 오기성은 거절했다. 공장장이 시주하듯 수표를 오기성의 가슴에 갖다 붙인다. 십만 원이면 오기성의 평달 월급의 반이다.

"오 형님, 참 순진하십니다. 이게 무슨 돈이라고 거절합니까? 다른 사람들은 수시로 전화합니다. 돈 주라고, 술 먹자고."

저만치 공장 앞에는 완행버스 정류소가 있다.

독점 상품, 특허 상품으로써 액체염소는 정부 수의 계약 품목으로 분류되었다.

액체염소공장은 경쟁 없이 정수장에 계약, 납품했다. 액체염소는 일반 트럭을 개조한 오 톤 탱크롤리로 납품되었다.

오기성은 액체염소 투입장치를 여과지 입구에 설치했다. 저장 탱크 두 개와 독일제 정량 펌프 한 대다. 액체염소를 납품하고 돌아가는 공장의 영업부장은 언제나 소리 나게 헤픈 웃음을 보냈다.

액체염소공장은 남해안 수산물 가공업체에도 제품을 팔았다. 액체염소가 수산물의 신선도를 유지시켜 준다는 것이다. 자신들의 공장이 액체염소 아시아 대리점이라 선전하며 말통들이 액체염소를 바닷가 화공업체에 팔았다. 반응이 생각보다 좋았다.

액체염소가 발암성분이 있어 외국에서는 사용하지

않는다는 내용이 언론에서 흘러나왔다. 오기성도 액체염소 사용 반대의견을 받았다. 그러던 중 낙동강 페놀유출사건이 터졌다. 식수원의 페놀 제거에 정신이 없던 때에 어느 언론사에서 액체염소가 페놀 중화능력이 있다고 발표했다. 액체염소공장은 즐거운 비명을 질렀다. 주문이 밀려 밤낮 없이 전국의 정수장에 납품을 했지만 주문량을 다 채울 수 없어 공장 영업부장은 오 톤 탱크롤리를 한 대 더 개조했다.

액체염소가 페놀 중화능력이 있다는 보도는 오기성의 실험결과로는 오보였다. 액체염소는 페놀에 서로 반응조차 하지 않았다.

'오 형님' 하며 오기성에게 만면의 웃음을 보이던 우 공장장은 페놀유출사건 이후 통화하기조차 어려웠다. 만남의 기회는 영업부장의 결재를 거쳐야 했다. 공장장의 자리는 영업부장이 대신했다.

오기성은 액체염소가 소독제로써 살균력이 없다는 것도 알았다. 액체염소공장은 판매방법을 독점 수의계약에서 조달물품으로 바꾸었다. 발 빠른 대처였다.

모처럼 만난 우 공장장이 오기성에게 한 말이다.

"수입이 늘어나니 정치자금 할당액이 내려와요."

    낙동강 페놀유출사건이 마무리되고 오기성은 선진지 견학단에 뽑혔다.

    견학국은 일본, 대만, 홍콩이었다. 오기성은 선진국 국민의 성실한 생활태도를 보고 놀랐다. 일본의 한 정수장에는 백 년이 넘은 정수장의 여과지를 보존하고 있었다. 오기성이 더욱 놀란 것은 실험기록일지에 모든 관찰사항을 사실대로 기록하고 촬영해 놓은 것이었다.

    낙동강 페놀유출사건 반 년 후, 액체염소의 대체약품을 수처리제로 지정해야 한다는 의견이 나왔다. 오기성은 적극적으로 찬성의사를 표현했다. 가까운 일본에서는 액체염소가 아닌 자체 생산품인 차아염소산나트륨을 쓰고 있었다. 오기성은 액체염소 투입을 중단했다.

    이듬 해 봄, 액체염소공장의 영업부장으로부터 오

기성에게 전화가 왔다.

"오 기사님, 공장이 부도가 났습니다."

독일제 액체염소를 생산한 우씨 일가는 모두 해외로 나갔다고 했다. 부도금액은 공장 감정 평가액과 은행 대부금이 일치하도록 맞춰놓았다고 한다. 주인이 떠난 공장을 지키는 영업부장이 소리친 말이다.

"그 사람들은 국제사기꾼입니다."

이야기를 마친 박 노인이 생수를 부어 마시고 입맛을 다셨다.

"우리나라는 아직ㅡ"

마무리하지 않은 박 노인의 마지막 단어를 추측하며 허태식과 이국형이 마주보며 고개를 끄덕였다.

5

오기성은 실험실 직원이었다.

정확하게 말하면 실험실 근무자였다. 그 당시 마산 정수장에는 실험실의 정규 직제가 없었다. 정수계 사무실 직원이 실험실에 와서 필요한 실험을 하고 다시 사무실로 돌아갔다. 실험실 근무는 인기 없는 업무였다.

정수장 정수계로 발령받은 오기성은 아무도 근무하기 싫어하는 실험실 업무를 자청했다. 돈과 관계없는 자리라고 여겼고 또 학창시절에 공부하지 않은 대가를 보상해 보고 싶었기 때문이었다.

오기성은 실험업무에 열정을 쏟았다. 수처리에 관한 자료를 모으고 타지에서 열리는 수도관계 심포지엄 참석도 마다하지 않았다. 그러한 때 정수장 실험실로 '수도'라는 잡지가 배달되었다. 내용은 제목처럼 수돗물을 비롯한 수처리에 관한 이론과 실제를 정리하고 분석했다. 출간기일은 일정하지 않았다. 오기성이 실험실 근무 이전에 발행된 '수도'지도 몇 권 꽂혀있었다. 오기성은 수도지 내용에 만족했다.

그러나 '수도'지는 두어 번 배달되고 난 뒤 이후에 실험실에 배달되지 않았다. 오기성은 일 년이 지나도록 기다렸지만 '수도' 잡지는 오지 않았다. 궁금함과 아쉬움에 오기성이 '수도' 잡지 발행인에게 편지를 썼다. 답신은 없었다.

오기성이 '수도' 잡지에 대한 희망을 포기하고 있을 때 손님이 찾아왔다. '수도' 잡지사 발행인이었다. 예순이 훨씬 넘어 보이는 중후한 노신사였다. 오기성은 관리소장실에서 그 노신사를 만났다. 오기성이 인사하자 노신사는 악수를 청하며 말했다.

"고마워요. 당신 같은 사람이 있어서 우리나라에 희망이 보이는 것 같아요."

말끝을 길게 늘어뜨리며 노신사는 그윽한 눈길로 오기성을 쳐다봤다. 노신사는 편지에 대한 고마움을 전하기 위해 자신이 직접 왔다고 말했다. 오기성의 손을 한참동안 잡고 있던 노신사는 자신의 명함을 건넸다. 명함에는 직위도 없이 연락처와 이름만 적혀있다.

–한 성 국–

'수도'지의 발행인인 노신사는 재미동포였다.

미국에서 모은 돈으로 노년에 조국을 위하여 할 일이 없을까? 고민하다 수돗물 관리에 도움이 되는 일을 하고자 '수도' 잡지를 창간하였다고 했다. '수도'지는 이름 그대로 물에 관한 잡지이다. 수질관련 연구논문과 수처리 현장을 조사하여 건강한 음용수를 만드는 게 목적이었다.

잡지의 지면을 채우려면 원고가 필요하다. 원고를 채우는 역할은 기자가 한다. 노신사는 취재 기자를 뽑아 전국의 수처리 현장을 누비게 했다. 그리고 잡지를 발행했다. 한 해가 가고, 두 해가 겨우 반을 지났을 때, 노신사에게 불만의 전화가 쏟아졌다.

–'수도' 잡지의 취재 기자들이 오염현장을 취재하

여 공장을 고발하겠다고 협박함–

　취재 기자들이 티끌을 잡아 공장 사장들을 협박하여 금품을 요구한다는 것이다.

　노신사는 실망했다. 그리고 취재 기자를 새로 뽑았다. 그러나 새로운 취재 기자도 행동에 변함이 없었다. 노신사는 잡지를 중단시켰다. 오기성의 편지는 그때 발송된 것이다.

　'수도'지는 학술적이며 현실적인 수처리 상황들이 차분하게 실려 있었다.

　그런 잡지는 정수장 실험실에 근무하는 오기성 같은 사람들에게는 정말 필요한 책이었다. '수도'지를 받아 볼 것이라는 오기성의 바람은 이루어지지 않았다. 재 발간을 약속하고 떠난 노신사의 약속은 오기성이 정수장을 떠날 때까지 결실을 이루지 못했다. 오기성은 오 년 가까이 마산 정수장에 근무했다.

　이야기를 마친 박 노인이 창밖을 보며 어제 일처럼

기억하며 말끝을 흐렸다.

"우리나라는 아직—"

마무리하지 않은 박 노인의 혼잣말 마지막 단어를 이국형이 대신 소리쳤다.

"후진국이라는 말씀이시죠?"

박 노인은 싱긋이 웃었다. 허태식과 이국형은 웃지 않고 일어섰다. 파출부의 인터폰 소리가 어제보다는 작다.

후진국

1

'우리나라는 아직 후진국이다.'

박 노인의 말을 읊조리며 이국형이 허태식의 팔을 잡아끈다. 두 사람은 상가 발코니에 마주 앉았다. 이국형이 우리나라는 후진국이라는 말에 흥분하여 젊을 때 이야기를 꺼냈다. 이국형이 이곳에 오기 전 아파트 운영위원장을 하면서 경험한 잊히지 않는 여인에 대한 이야기다.

그때는 쓰레기 종량제가 시행되기 전이었다.

아파트 운영위원장에 선출된 이국형은 그날 밤에 임원들을 지명해야 했다. 운영위원회의의 통상적 절차였다. 그러나 동 대표 개개인의 능력을 알 수없었다. 동 대표 회의라는 게 한 달에 한 번 두어 시간만나서 안건 토의하고 헤어진다. 불참하는 동 대표도있다. 특히 여자 동 대표들은 더욱 모른다. 이국형은동 대표 활동을 겨우 이 년 반 했다.

이국형은 운영위원장 선거 기간 목소리가 크고 의견이 분명한 동 대표를 총무이사로 지명했다. 나이는 오십 초반으로 이국형보다 많았으며 인상도 괜찮았다. 이국형이 개인적으로 만난 일은 없다. 직장에서 노동조합 일을 한다고 들었다.

이국형이 위원장 임무를 육 개월 쯤 수행한 날이다.
퇴근 무렵 총무이사로부터 전화가 왔다.

－따르릉－

전화기를 귀에 대기도 전에 총무이사의 목소리가 달려들었다.

"위원장님, 바쁘십니까? 오늘 제가 귀한 분과 함께 있습니다. 위원장님, 꼭 오셔야겠습니다."

이국형은 달갑지 않았지만 승낙을 표했다. 총무이사는 다음 운영위원장 자리를 탐하는 예비 위원장이다.

이국형은 퇴근하여 약속장소인 상가 건물 5층 만두집으로 갔다. 총무이사는 마루와 방의 경계지점 창가에 자리했다. 새로 개업한 만두집에는 손님들이 붐볐다.

"아니! 여기 웬일이십니까?"

이국형이 총무이사 옆에 앉은 여인을 보고 신발도 벗지 않고 놀라서 소리쳤다. 마주앉은 여인이 반쯤 일어서며 인사한다. 덩치가 크다.

"위원장님이 오신다기에 몸도 씻지 못하고 이렇게 급히 왔습니다."

분홍색 스웨터를 입은 여인은 아파트 생활 쓰레기 수거업자였다. 두껍게 바른 얼굴의 화장품은 아름다움을 표현하는 용도가 아니라는 것을 단번에 알 수 있다. 때가 묻은 분홍색 스웨터는 커다란 몸집에 착 달라붙어있다. 스웨터 밖으로 원형을 보이는 가슴은 둥글게 퍼졌다. 아직 기죽지 않은 젖꼭지가 때 묻은 분홍 스웨터 속에서 머리를 쳐들고 있지만 애정보다는 모정이 더 많이 느껴진다.

한쪽 팔을 식탁에 괴고 싱글거리던 총무이사가 바로 앉으며 입을 열었다.

"오늘 위원장님께 고백할 게 있어서 이렇게 모셨습니다."

이국형은 굳은 표정으로 엽차를 홀짝거렸다. 식당의 열기 때문인지 총무이사의 얼굴이 평소보다 붉다.

"쓰레기 수거업체에서 매달 십만 원씩 주는 돈을 아파트 기부금으로 키우면 어떻겠습니까?"

이국형은 이 사실을 오늘 처음 알았다. 위원장이 된지도 육 개월이 된다. 총무이사의 물음에 이국형이 의

아해하며 되물었다.

"어디에 쓰는 기부금 말입니까?"

총무이사가 너그러운 표정을 지으며 마치 위원장이라도 된 듯 대답했다.

"모아 두었다가 좋은 일에 쓰면 안 되겠습니까?"

이국형의 뇌리에는 지금껏 자신을 향한 총무이사의 웃음소리가 협박처럼 들렸다. 이국형이 총무이사의 얼굴을 바라보다 만두를 남겨두고 일어섰다.

"기부금은 무슨 기부금, 당장 오늘부터 그만 두십시오."

이국형은 화를 냈다. 현실을 알지 못했던 자기 자신에게 더욱 화가 났다.

계산대로 향하는 이국형을 두 사람이 붙잡았지만 이국형은 일그러진 표정으로 계산을 마치고 문밖으로 나갔다. 총무이사가 이국형의 옷자락을 잡고 엘리베이터 앞에 섰다. 쓰레기 수거업체 여 사장이 몸을 돌려 계단으로 걸음을 옮긴다.

"몸에 냄새가 나서, 두 분께 피해가 될까 봐 나는 계단으로 가겠습니다."

옷자락을 뿌리치지 못한 이국형이 총무이사와 쓰레기 수거업체 여사장과 함께 일층 엘리베이터 앞에 섰다. 엘리베이터를 기다리는 젊은이들이 건물 로비에 꽃다발처럼 모여 있다.

"이렇게 헤어지면 안 만난 것보다 못하게 됩니다. 위원장님."

이국형은 말없이 '청소 아줌마'의 뒤를 따랐다. 아파트 관리사무소 경리 여직원은 쓰레기 수거업체 여사장을 '청소 아줌마'라고 불렀다. 청소 아줌마는 쓰레기 수거비를 받는 날에 십만 원의 상납금을 매달 경리 여직원에게 바쳤다고 한다.

동지 지난 밤거리에 네온사인이 오래 된 빈집의 거미줄처럼 걸렸다.

일곱 시도 안 된 지하주점에는 손님이 하나도 없다.

세 사람은 무대 안쪽 피아노 옆에 자리를 잡았다. 반주도 없는 홀에는 칠보등 같은 조명기구가 천장에서 혼자 돌아간다. 붉은빛과 푸른빛이 교차하는 사이로 청소 아줌마의 분홍빛 스웨터에 낮의 여진이 더욱 짙게 드리워진다.

"위원장님, 아가씨도 부르세요, 나도 그 정도는 압니다."

커다란 몸집에 두꺼운 화장이 조명등 아래에서 어색하지 않다. 술잔을 받아 든 이국형의 물음에 청소 아줌마가 미소를 짓는다.

"상납하지 않으면 왠지 죄를 짓는 것 같아서―"

이국형이 목에서 폭포소리가 나도록 맥주를 들이켰다. 언제부터 돈 십만 원을 주었냐는 이국형의 물음에 청소 아줌마가 커다란 눈을 껌벅거린다.

"처음부터, 계약할 때부터."

말을 마친 청소 아줌마가 술잔을 입에 댄다.

"환갑이 다 된 내가 이 짓, 안 할라꼬 해도, 그 놈의

딸년 때문에, 이제 초등학교 5학년인데–"

묻지도 않은 말을 내뱉은 청소 아줌마의 얼굴이 스웨터 분홍빛보다 더 붉어졌다.

청소 아줌마가 술잔을 잡아당긴다. 이국형이 다시 목에서 폭포소리가 나도록 맥주를 들이키고 일어섰다. 마이크를 뽑아들고 그의 애창곡 번호를 눌렀다. 잠시 숨을 고른 반주기의 노래 전주가 터질 듯 홀에 쏟아진다.

"눈–보–라가– 휘날–리–는, 바람 찬 흥남부두에–, 목–을 놓아– 불러–본–다, 찾아–를 봤–다."

망부석처럼 앉아있는 청소 아줌마의 눈빛이 조명등 아래에서 번득인다. 이국형은 청소 아줌마가 못생기지 않았다고 느꼈다. 목청껏 소리를 질러 댄 이국형이 총무이사의 이름을 부르고 자리로 돌아왔다. 청소 아줌마가 이국형의 잔에 술을 채운다.

"위원장님 노래 소리를 들으니 내 속이 다 후련하네, 속이 다–후련해."

청소 아줌마가 두 손을 위로 향하여 새를 쫓듯 움직이며 이국형에게 다시 나가 노래를 부르라고 재촉한다. 이국형은 청소 아줌마의 요구를 거절하지 않았다. 아니 청소 아줌마의 보름달 같은 표정에 거절하지 못했다.

다음 노래반주가 시작되기도 전에 총무이사가 웃으며 마이크를 들고 모니터 앞에 마주선다. 노래도 하지 않고 먼 산을 바라보듯 자리를 지키는 청소 아줌마의 눈빛이 현란한 조명 아래서도 달빛처럼 빛난다.

오늘도 새벽 잠결에 쓰레기 수거차의 수거함 여닫는 소리를 듣는다. 이국형은 오색등 조명 아래서 망부석처럼 앉아있던 청소 아줌마의 얼굴이 떠오르고 때묻은 분홍빛 스웨터와 돌출된 젖꼭지가 마주 앉아 있는 것처럼 생각난다고 했다.

2

나흘째다.

이국형과 허태식은 자석에 이끌리듯 박 노인의 집으로 갔다. 박 노인은 차를 끓여놓고 두 사람을 기다렸다. 오늘은 20년 전 일이다.

"20년 전 가습기살균제 사건 말이다."

박 노인은 힘없이 웃었다. 20년 전에 발생한 것이 아니라 그때 불거진 일이다. 많은 사람이 죽고 난 뒤에 알아 챈 살인사건이다. 박 노인은 몹시 흥분했다. 있을 수 없는 일, 있어서는 안 되는 일이라고 혀를 찼다. 녹차로 입을 축인 박 노인이 열변을 토한다.

"똑같은 방법이야, 똑같은 방법. 낙동강 페놀유출사건 때 액체염소 판매 방법하고 똑같은 방법."

이국형과 허태식은 말뜻을 정확히 몰라 고개를 갸웃거리며 박 노인의 눈에 초점을 맞추었다. 가습기살균제 사건은 두 사람도 언론을 통하여 귀가 아프게 듣고 보았다. 박 노인은 창밖을 보다 혀를 찼다.

"유명 대학교수의 가습기살균제 실험조작 연구논문, 판매회사의 엉터리 외국서류 인용, 그리고 국가의 미비한 관리제도."

박 노인은 힘없이 웃었다.

"어쩌면 이십 년 전 사건을 그렇게 잘 베꼈는지?"

녹차를 두고 생수를 부어 마신 박 노인이 감탄조로 소리를 높였다.

"사람들은 내가, 내 가족이 왜 죽는지도 모르고 오래 살려고 가습기에 대고 큰 숨을 들이마셨겠지?"

그리고 박 노인은 아까보다 더 큰 소리를 내었다.

"소문난 유명 대학교수들, 실험조작 논문 쓴다고 룸살롱 가서 위로 받았을 거예요? 허ㅡ허ㅡ허ㅡ"

"룸살롱" 하며 허탈하게 웃던 박 노인이 정색하고 꺼낸 오기성에 대한 이야기다.

오기성은 박 노인 보다 먼저 공무원 생활을 그만두었다.

이유를 묻자 오기성이 소리 내어 웃으며 말했다.

"아침마다 자식 울음소리 들으며 출근하는 게 너무 힘들었습니다."

맞벌이를 하면서 두 자식을 돌보기 힘들어 자신이 그만 두었다는 얘기다. 오기성은 집 근처에 화공약품 판매상을 차려 장사 겸 보육을 했다. 주위사람들은 오기성의 행동에 의아해 했다. 안정된 직장을 그만 둘만큼 사정이 급박했는지 모두들 물어왔다. 그때마다 오기성의 대답은 똑같았다.

"자식 잘 키우는 것 만한 큰 사업이 어디 있습니까?"

박 노인은 오기성이 공무원에 대한 불신이 마음 속 깊이 깔려 있다는 것을 눈치 채고 있었다.

박 노인은 나이가 스무 살 가까이 차이 나는 오기성을 좋아했다. 업무능력도 뛰어났지만 소신도 뚜렷하고 추진력도 있었다. 오기성은 조그만 키에 야무진 체격으로 뭐든지 즐겁게 달라붙었다. 그가 숙직 근무를 서면 동료들이 장기판이나 바둑판을 들고 왔다. 장기를 좋아하는 한 직원이 오기성을 두고 한 말이다.

"오 기사님 하고 장기를 두면 이기든, 지든 재미가 있어요."

박 노인은 그런 오기성과 만남을 회상하는 듯 창밖을 바라봤다.

3

−한성호−

편지 겉봉투의 이름을 보고 오기성은 고개를 갸우뚱거렸다. 직함이 서울의 사립대학교 환경공학과 교수다. 오기성은 오른쪽 집게손가락을 살며시 접착부분에 넣어 편지봉투를 뜯었다.

국제 워크숍 초대장이다. 오기성은 실없는 웃음이 나왔다. 자신은 정수장 실험실을 떠난 지 오래다. 초대장을 별 관심 없이 읽어보고 뒤진 다음 종이를 펼쳐보고 오기성은 눈을 크게 떴다. 한성호 교수가 쓴 편지다. 자신은 한성국의 사촌동생으로 형님의 유지를 받들어 오기성 씨에게 초대장과 인사를 전한다는 내용이다.

한성국은 마산 정수장 근무 때 '수도' 잡지 관계로 만난 재미동포라던 노신사이다. 오기성은 만감이 교차했다. 정수장을 떠나면서 짐을 정리하다. '한성국'의 명함을 발견하고 연하장을 보냈다. 답장은 없었다. 그리고 십 년이 지났다.

국제 워크숍 장소는 서울이다.

오기성은 며칠을 뒹굴며 갈등하다 결정했다.

'한번 가 보자.'

오기성은 밤 열차를 탔다. 도착시간은 아침 여섯시다. 밤새워 다다른 서울역에 내린 오기성은 왠지 주위가 불편했다. 언행에서 어설픔이 나타나는 것 같아 서울역구내를 빠르게 벗어났다. 손수 그려 온 지도를 확인하고 오기성은 워크숍이 열리는 호텔 방향으로 걸었다. 높다란 호텔 간판이 눈에 보인다. 시간은 충분하다. 길가의 조그만 식당에 들러 국수 한 그릇을 주문했다. 식당 분위기가 자신의 처지와 비슷해 보여 오기성은 미소가 나왔다.

호텔 2층 워크숍 장소 입구에는 안내 표시 이외 아무것도 없다. 오기성은 창가를 서성거렸다. 반시간이 지나 강연장 문이 열렸다. 강연장 입구에 기다란 탁자가 설치되고 학생들이 강연회 준비에 들어갔다. 오기성은 십여 분을 더 기다리다 학생들에게 다가갔다.

"혹시 한성호 교수님을 만날 수 있을까요?"

탁자에 서류와 책자를 펼치던 여학생이 눈길을 멈추었다. 옆의 남학생이 끼어든다. 눈망울을 굴리던 여학생이 물었다.

"무슨 일로?"

오기성이 편지를 보여주며 설명하자 여학생이 길을

안내한다.

한성호 교수는 사촌 형님 한성국 보다는 체격이 작았다. 모처럼 맨 넥타이의 불편함을 감추지 못하여 머뭇거리는 오기성을 한성호 교수는 직감적으로 알아봤다.

"마산 정수장에 근무하신?"

오기성은 노신사를 만나는 것처럼 반가웠다. 한성호 교수도 마치 구면인 듯 밝게 웃었다.

십 분이 채 안 되는 시간사이 한성호 교수는 사촌 형님 이야기를 쏟아냈다.

"형님은 미국에서 돌아가셨습니다."

말을 마친 한성호 교수가 뒤돌아 서류함을 뒤적이더니 조그만 상자 하나를 오기성에게 건넸다.

"형님의 이름이 적힌 유품입니다."

한성호와 오기성이 이야기하는 사이로 학생들이 다가 와 한성호에게 질문을 한다. 한성호가 손짓하며 빠르게 답한다. 오기성은 엉거주춤하게 뒤로 물러섰다. 두 사람 모두 다시 만날 수 있을 것이라는 공감대가 없어 서로 마음만 초조했다. 한성호의 말은 빨라지고 오기성의 마음도 뒷걸음치고 있었다. 사촌 형님의 이야기를 한 마디라도 더 전해야겠다는 한성호의 마음이 안타깝게 느껴졌다. 오기성은 소리 내어 인사하고 뒤돌아섰다.

노신사 한성국은 의사였다.

한성국은 미국에서 번 돈으로 조국을 위해 무엇을 할 수 있을까? 고민하다 결정한 것이 수돗물에 관한 사업이었다. '수도' 잡지를 만들어 수처리 관계자들을 지원하고 그들이 조국의 어린이에게 맑은 물을 먹이기 바랐다.

그 일을 한국에서 도맡아 한 사람이 한성호다. 서울의 한 사립대학교 환경공학과 교수다. 한성국은 말년에 고국으로 돌아오지 않았다. 온 가족이 미국에 살았기 때문이다. 그가 죽기 전에 한국의 사촌 동생에게 '수도' 잡지에 관한 모든 것을 부탁하고 유산도 물려줬다.

오늘의 국제 워크숍도 그의 노력으로 이루어졌다. 오기성은 강연장 옆 출입문 가까이 앉았다. 방청석은 양복 입은 사람들보다 학생들이 더 많다. 강연자는 미국인 2명, 일본인 1명, 그리고 한성호 교수다. 한성호 교수는 외쳤다.

"수도(水道)는 생명길입니다. 생명을 다루는 기술은 검증된 지식으로만 실천되어야 합니다. 아니, 신(神)이 허락한 기술로만 생명길을 만들어야 합니다."

방청석에서 박수를 치는 사람은 없다. 오기성은 슬그머니 강연장을 빠져나왔다. 들어올 때 '한성호' 교수를 물었던 여학생이 아는 체하며 목례를 한다. 오기성은 탁자에 놓인 연구 논문 책자를 한 가지씩 챙겼다. 외국어로 쓴 책자도 가졌다.

강연장 마이크 소리가 복도 계단까지 들린다. 오기성은 들어온 길을 천천히 되돌아 걸었다. 한성국이 선물한 두툼한 만년필을 매만지며 한숨을 쉬었다.

'나도 수돗물에 관한 글을 쓰자.'

4

　허태식은 가습기살균제 이야기만 나오면 가슴을 쓸어내렸다.

　그날, 중학교와 고등학교를 다니는 아들과 딸을 위하여 좀 더 성능 좋은 가습기를 사러 가전 매장에 갔다. 매장 직원은 요즘 잘 팔리는 가습기와 가습기살균제를 맛깔나게 설명했다. 허태식의 아내와 아이들은 솔깃하게 듣고 있었다.

　-가습기살균제?-

　허태식은 순간 의문이 들었다. 가습기는 수돗물의 수증기다. 수돗물에는 소독제가 들어있어 위생에는 문제가 없다. 물때는 손으로 씻어내야 제격이다. 허태식은 수돗물과 가습기의 물때를 생각하다 반사적으로 가습기살균제 구입을 반대했다. 아내도 말이 없었다.

허태식은 그때 가습기살균제를 사지 않은 것을 천우신조로 생각한다. 만약 아내가 청소하기 귀찮으니 가습기살균제를 사자고 강하게 말했다면 어떻게 되었을까?

허태식은 그때를 생각하면 온몸에 소름이 돋았다. 식구들을 둘러보며 '운이 좋아' 눈을 깜박이고 숨을 쉬는 것이라고 한숨을 지었다. 아내도 그때를 떠올리면 언제나 허태식의 선택에 감사한 표정을 아끼지 않았다.

박 노인은 흥분하여 목소리가 가라앉지 않았다.

"무지와 욕심은 삶의 절벽으로 가는 지름길이야."

세 사람은 한동안 말이 없었다. 다 같이 살균제 가습기를 머리맡에 두고 죽어 간 사람들을 생각했다.

침묵을 깬 사람은 이국형이었다. 주위를 둘러보던 이국형이 느닷없이 박 노인에게 물었다.

"어르신, 후진국은 어떤 나라입니까?"

박 노인이 금니를 내보이며 바람을 삼키더니 이국

형을 똑바로 바라봤다.

"기준이 없는 나라, 기준."

박 노인은 '기준'을 되풀이하고 설명을 덧붙였다.

"기준을 만들 용어도 정의하지 못하는 나라."

박 노인은 다시 한 번 입술로 소리가 나도록 바람을 삼켰다. 오늘도 괴담의 결론은 나오지 않았다.

5

금요일 해거름 때다.

박 노인 집 괴담 조사를 마친 이국형은 기분이 좋았다. 저절로 웃음이 나왔다. 허태식이 교회에 나온다고 약속했기 때문이다. 오늘도 두 사람은 괴담 조사 후 남은 오후를 상가 발코니에서 보내고 있었다. 이국형이 허태식의 팔을 잡으며 속삭였다.

"이번 일요일에 약속 지키실 거지요?"

허태식이 밝은 얼굴로 고개를 끄덕인다.

노을을 만들기 전 서산 위의 태양이 눈부시다. 이국형은 허태식을 중화요리 집으로 이끌었다. 오늘따라 이국형의 행동이 예전에 못 보던 모습이다. 저녁 식사를 마치고 셀프 커피를 나누면서 '하늘은 스스로 돕는 자를 돕는다.'는 격언에 대하여 토론이 이루어졌다.

이국형은 삶을 살아가는 데는 무한한 노력, 즉 인성이 중요하다고 말했다. 하늘에 닿을 수 있도록 인성을 쌓으면 하늘이 그 노력을 되돌려준다고 했다. 허태식의 의견은 달랐다. 현실을 바르게 헤쳐 나갈 수 있는 길은 올바른 지식, 즉 지성이 필요하다고 말했다. 올바른 지식을 추구해야 일정한 기준이 마련되어 서로 간에 믿음이 생긴다 했다.

서로의 마음을 내 보인 두 사람은 목욕을 마치고 창가에 선 것처럼 시원함을 느꼈다. 어두워진 창밖의 가로등 불빛이 두 사람의 눈동자에서 빛난다. 이국형이 소리치며 일어선다.

"오늘 한잔 합시다."

이국형이 앞장섰다.

바다를 바라보며 두 사람은 영도대교 쪽 큰길가로 내려왔다. 7층 건물 지하 '첫사랑' 노래주점이다. 이국형이 몸을 좌우로 흔들며 입구로 들어간다. 이국형을 보고 주인이 웃으며 인사를 한다. 이국형이 아는 사람인 듯하다.

지정된 룸으로 들어온 이국형은 앉지도 않고 서성인다. 오늘 무슨 일이 있는 모양이다. 허태식은 이국형의 어린아이 같은 행동에 웃음이 나왔다. 술상차림이 끝나고 유흥도우미가 들어왔다. 이국형이 도우미들이 자리에 앉기도 전에 소리친다.

"너희들, 첫사랑 알아?"

도우미들이 영문을 몰라 서로 바라보며 어리둥절한다. 할 말을 찾지 못한 도우미들의 눈앞에 이국형이 오른쪽 집게손가락을 바짝 갖다 붙인다.

"첫사랑은 말이야, 이루어지지 않는 거야."

이국형은 술도 마시기 전에 이미 취한 듯 했다. 허태식도 분위기를 맞추려고 헛웃음을 내보였다. 도우미들이 자신들의 첫사랑 이야기를 꺼낼 여유도 없이 이국형이 일어섰다.

"너, 지르박 출 줄 알아?"

유흥도우미가 이국형과 스텝을 맞춰 두어 박자 나아간다. 이국형이 갑자기 스텝을 멈추고 자리에 앉아 술을 들이킨다. 이국형이 허태식을 보고 변명 같은 웃음을 보이고 첫사랑을 읊었다.

－첫사랑－

이국형의 가슴에 배긴 이야기다.

이국형의 고향은 진주다. 첫 마디는 공간 감각을 자극했다.

"일본으로 시집갔어."

뒷모습이 엄마를 닮은 첫사랑은 고등학교 때 발생

했다. 이국형의 어머니는 이국형이 고등학교 2학년 때 갑자기 돌아가셨다. 사인은 분명치 못하고 이상한 소문만 무성했다.

첫사랑은 같은 동네 여고생이었다. 엄마를 못 잊어 헤매는 이국형의 눈앞에 엄마를 꼭 닮은 여인이 나타났다. 하얀 운동복을 입고 자신의 집 앞을 지나는 첫사랑의 뒷모습, 엄마를 닮은 뒷모습에 이국형은 돌아서서 엉엉 울었다고 했다. 그런 뒤로 이국형은 첫사랑이 지나가면 뒷모습을 보지 않으려고 뒤돌아서 두 손으로 눈을 막았단다.

첫 휴가 때,
이국형은 침을 꿀꺽 삼켰다. 그리고 첫사랑이 곁에 있는 것처럼 이야기했다.

촉석루 아래 남강 가 바위에서, 그녀와 어깨를 마주치며 나란히 앉아, 흐르는 강물을 바라보고, 건너편 대나무 숲을 지나는 바람소리를 듣고, 말하지 않아도 웃음이 솟고, 껴안지 않아도 살 내음이 느껴지는 그날 밤, 밤새도록 그녀의 목소리를 들으며 마음은 강물을 따라 행복의 바다로 흘러갔어. 달빛 비치는 나무 그늘에서 첫 키스를 하고,

그리고 시간이 흘러 현실의 벽에 부딪쳐 우리의 사랑이 소용돌이 칠 때, 그녀는 한 마디 남기고 떠나갔어.

"나, 멀리 간다."

이국형은 말을 끊고 허공을 바라봤다.

"난 서울로 가는 줄 알았지."

그러나 그녀가 보낸 첫 위문편지는 내 가슴에 그대로 새겨져 있어.

'하늘나라의 어머니를 만날 때까지 사랑하겠노라.'

물기에 젖은 이국형의 눈동자가 번쩍였다. 그리고 고개를 숙였다.

"대학 졸업하는 해, 그녀는 결혼했어."

이국형이 허태식에게 첫사랑의 정의가 무어냐고 물었다.

허태식이 얼른 대답하지 못하자 자신이 대답했다.

"시간이 지날수록 빛나는 사랑이 첫사랑입니다. 허 형."

이국형은 취하고 싶은 지 취한 척하는 지, 평소보다 훨씬 말이 많고 제스처도 요란했다. 노래 한 곡과 술 한 잔을 마친 이국형이 심각한 표정으로 얼굴을 내밀며 말했다.

"허 형, 그 첫사랑이 삼십오 년 만에 돌아왔어."

이국형이 단숨에 술잔을 비운다.

"그런데 삼십오 년 전의 그 목소리를 듣고, 나는."

이국형의 목소리가 떨리는가 싶더니 술을 들이킨다. 그리고 길게 심호흡을 하더니 침을 삼켰다.

"달려가지 않았어요."

이국형이 말을 마치고 허태식을 바라봤다. 허태식은 숨을 죽였다.

"옛날로 돌아가는 것은 현재의 모든 것이 사라지는 것이었어요."

이국형이 허태식을 보고 씩 웃는다.

"솔직한 심정은 다 버리고 달려가고 싶었지요."

이국형이 술잔을 비우고 안주를 먹으며 이야기를 계속했다.

"그런데 모든 것을 버릴 수 있다는 용기가 어디에서 생겼는지 나도 모르겠어요."

자신도 그런 생각에 놀랐다는 시늉을 하며 이국형이 다음 말에 뜸을 들인다.

"솔직히 다 버리고 그녀에게 가면 세상이 아주 맑고 개운할 것 같았어요."

이국형이 도우미의 안주시중을 뿌리치고 술을 마신다.

"나는 육십이 넘어 그런 길, 새로운 세상을 깨달았는데 부처님은 갈 곳도 없이 이십대에 깨닫고 실천했어요. 참 대단하신 분입니다."

허태식이 이국형의 이야기에 눈을 크게 뜨고 허리를 당겨 세웠다. 이국형의 말소리가 천천히 커졌다.

"모든 것을 버리고 떠나면 가슴이 탁 터지는 그런 느낌이겠지요?"

이국형이 한숨을 쉬고 몸을 의자에 기댄다. 허태식

은 첫사랑 이야기에 이국형의 얼굴이 훨씬 달라보였
다. 두 사람이 말없이 상념에 젖어 있을 때 도우미들
이 경쟁적으로 흥을 돋운다. 이국형이 마이크를 들고
제안했다.

"같이 노래 한 곡 합시다."

두 사람은 대학시절 많이 불렀던 노래 '모닥불'을 눌
렀다. 느린 곡조와 달리 이국형의 목청은 높았다. 두
사람은 유흥주점의 노래 주문시간을 다 채우지도 않고
일어섰다.

'첫사랑'을 뒤로하고 집으로 올라가는 두 사람의 등
뒤로 항구의 등대불이 소리 없이 깜박인다.

"아내는 그녀가 있는지도 모릅니다."

이국형의 말에 대꾸도 없이 두 사람은 오르막길의
땅바닥만 보고 걸었다.

허태식은 잠이 오지 않았다.

종교가 무엇인지 나름대로 생각하고 난 뒤에 선택한 교회이지만 생각만큼 마음이 안정되지 않았다. '첫사랑' 유흥주점에서 소리치던 이국형의 첫사랑 이야기가 자꾸만 생각났다.

"솔직히 다 버리고 그녀에게 가면 세상이 아주 맑고 개운할 것 같았어요."

허태식도 이국형의 이야기에 공감이 갔다. 나이가 들면 그렇게 되는 것인지? 자신도 사고가 단순해짐을 느꼈다. 지금껏 느끼지 못한 감정이다. 이번에 교회에 나가기로 마음먹은 이유도 아내의 건강을 빌기위해서다. 이국형의 첫사랑 연인처럼 허태식도 아내와 둘이서만 살아보고 싶다. 나이가 들면 어린아이처럼 된다더니, 그런 것일까? 아니면 현실이 힘들어서

일까? 허태식은 바닷가에 발을 담근 아내를 생각하며
돌아누웠다.

  "허태식 교우, 일어나십시오."
  목사의 부름에 허태식은 엉거주춤하게 자리에서 일
어나 신도들의 박수를 받았다. 이국형이 외치는 소리
가 크게 들린다. 허태식은 이국형의 목소리에 힘을 얻
어 고개를 바로 들었다.
  '다함께 기도 합시다.'라는 목사의 주문에 허태식은
고개 숙여 기도했다. 아내의 환갑 때 해외여행도 포기
한 자신이 원망스럽고 부끄러웠다. 아내의 웃는 얼굴
을 떠올리려고 두 눈을 깊게 감아도 아내는 웃지 않는
다. 허태식은 더욱 열심히 기도했다. 내년에는 꼭 함
께 해외여행을 가겠다고 기도했다. 그러나 아내는 웃
지 않는다. 허태식은 고개를 들었다. 모두들 죽은 듯
기도하고 있다. 이국형의 모습이 밖에서 보던 모습과
는 다르다.

"다함께 아멘 합시다."

목사의 마지막 기도가 울릴 때까지 허태식은 아내의 웃는 얼굴을 떠올리려고 기도했다. 아내는 웃지 않는다. 허태식은 허리를 세우고 바로 앉았다. 창밖의 천국교회 십자가가 햇빛에 눈부시다.

설비보호제

　"'설비보호제'란 말 들어봤어요?"

　다소 저돌적인 박 노인의 물음이었다. 이국형과 허
태식은 대답하지 못하고 멀뚱거리며 서로의 얼굴을 쳐
다봤다.

　"이게 '방청제'라는 것인데…"

　박 노인의 말이 예전과 달리 힘이 들었다. 입맛을

다신 박 노인이 천천히 말을 이어갔다.

'방청제'는 급수관 속의 녹을 방지하기 위해 사용하는 '화공약품'이라는 설명과 함께 헛웃음을 날렸다.

"법을 개정했는데, 내용은 같고 사용약품 이름만 바꿨어요. '방청제'를 '설비보호제'라고요."

박 노인이 입술로 바람을 불러들인다.

"그 법의 목적이 수질 보호이지 설비 보호가 아닌데 말이예요. 마치 가습기살균제 이름처럼."

1

삼십 년 전이다.

박 노인은 그날 오후, 산책을 나섰다. 산책길은 두 갈래다. 아파트 위로 오르는 봉래산 약수터 길과 아파트 아래로 걸어 큰길가까지 내려가서 한 블록 돌아오는 길이다.

윗길 산책로는 부산 항구를 내려다 봐서 기분 좋고, 아랫길은 노점상들을 눈여겨보며 삶을 조명해서 뜻 깊다. 이것도 저것도 할 수 없거나 하기 싫은 날은 아파트 관리 사무소를 지나 상가 앞에서 멍하니 길 아래를 내려다보는 것으로 박 노인은 산책의 위안을 삼았다.

그날도 오후 2시 반경이다.

박 노인은 아파트 관리 사무소 앞을 지나치다 출입문 벽면의 조그만 간판을 보고 발길을 멈췄다. 평소에는 무심히 지나치던 곳이다. 박 노인은 걸음을 옮겨 간판 가까이 섰다.

−먹는 물 설비보호제 투입으로 항상 맑고 깨끗한 물을 공급하고 있습니다.−

간판의 글을 읽고 난 뒤 박 노인은 아파트 관리 사무실로 올라갔다. 관리 사무실은 건물 2층이다. 관리 소장에게 박 노인이 물었다.

"방청제를 투입합니까?"

아파트 관리소장은 그렇다고 대답했다. 박 노인의 의심스런 표정과 자신 있는 행동에 관리소장은 방청제 투입회사를 두둔했다.

"대기업이라 알아서 다 잘합니다."

박 노인이 질문을 하려하자 관리소장이 미리 대답한다. 서류 캐비닛 위에 있는 녹슨 수도관을 담은 표본 유리병과 녹이 슬지 않은 관을 담은 표본 유리병을 가리키며 박 노인의 반응을 살핀다. 얼핏 박 노인을 무시하는 태도도 섞였다. 박 노인이 기죽지 않고 물었다.

"언제부터 넣었소?"

관리소장이 꾸물거리며 대답한다. 자신이 오기 전부터 투입하고 있었단다. 관리소장 주위의 직원 두 명의 표정이 박 노인에게 무엇을 말하고 싶은 듯 두리번거린다. 박 노인이 방청제 투입 근거 서류가 있냐고 물었다. 자신은 잘 모른다면서 관리소장이 꽁무니를 뺀다.

관리소장과 전문적인 대화가 어렵다고 느낀 박 노

인이 납품업체의 직원과 만나게 해줄 것을 관리소장에게 요구했다. 관리소장이 납품업체 담당자의 전화번호를 경리직원에게 물어본다.

일주일 후, 박 노인은 방청제 납품업체 직원과 마주 앉았다.

아파트 관리사무실 응접의자다. 방청제 납품업체 직원은 서른 중반의 젊은이다. 박 노인이 '방청제'란 말을 꺼내자 젊은이는 웃으며 말했다.

"어르신, 방청제가 아니라 설비보호제로 바뀌었습니다."

박 노인은 얼른 세월의 변화를 느끼고 손가락을 꼽아봤다. 정수장을 떠난 지 벌써 이십 년이 흘렀다.

박 노인은 옆에 둔 가방을 슬그머니 잡아 당겼다. 이번 일을 대비하여 옛날 정수장에서 함께 근무한 오기성에게 연락하여 받은 방청제에 대한 자료다. 박 노인은 몇 번이나 오기성에게 연락하여 자문을 받았고 또한 참고문헌과 자료를 구했다. 가방에 든 서류를 박 노인은 시험 치듯 읽어보고 외었다.

박 노인이 멋쩍어 하는 사이 납품업체 젊은 직원이 큰 소리로 설비보호제 투입현황을 설명한다.

"저수조에 10피피엠을 투입하면 그것이 이동하면서 5피피엠, 마지막에는 2~3피피엠이 되도록 조절합니다."

박 노인이 되물었다.

"인산염(설비보호제)이 관 속에서 반응하여 소모된다는 뜻이오?"

납품업체 직원이 얼른 대답을 못하고 머뭇거린다. 그 사이 박 노인이 투입농도에 대해서 다시 질문을 했다.

"저수조에 10피피엠이 투입되었는데, 물이 관속을 흐르면서 5피피엠, 2~3피피엠이 된다는 것이 무슨 뜻이오?"

납품업체 직원의 대답이 없자 박 노인이 재차 물었다.

"중간 중간 수량이 증가한다는 것이오?"

납품업체 젊은이는 대답이 없다. 박 노인을 처음 보고 웃었던 얼굴은 사라졌다. 늙은이라고 얕잡아 보았던 납품업체 직원은 한참 머뭇거리다 대답했다.

"본사에서 다 측정해서 결정한 것입니다."

박 노인이 고개를 갸우뚱거리면서 또 물었다.

"그렇다면 투입량 산출근거를 한번 봅시다."

박 노인의 질문에 납품업체 직원이 답변을 못하고 머무적거린다. 박 노인이 자리에 앉아 있는 관리소장을 향해 눈길을 보냈다. 구입계약서에 산출근거가 있는지 알아보라는 뜻이었다. 관리소장은 납품업체 직원에게 컴퓨터로 본사에 물어보라고 권한다.

관리 사무실 경리아가씨가 납품업체 직원에게 컴퓨터 모니터를 내어준다. 납품업체 직원이 컴퓨터 모니터와 자판과 전화로 본사와 연락하는 동안 박 노인은 자신이 경솔하게 덤빈 게 아닌가? 하고 긴장했다.

컴퓨터 모니터 화면이 몇 번 뒤바뀌어도 납품업체 직원은 말이 없다.

자판 두드리는 소리가 끝나고 납품업체 직원이 다시 박 노인 앞에 앉았다. 납품업체 직원의 태도가 공격적으로 변하였다.

"설비보호제 투입은 소금물을 날마다 먹어도 사람이 죽지 않는 원리와 같습니다."

박 노인은 납품업체 직원의 어이없는 답변에 무슨 말을 해야 할까 망설이는데 관리소장의 말이 귀를 자극했다.

"대기업이라 알아서 다 잘합니다."

박 노인은 관리소장의 무책임과 무지에 놀랐다. 한동안 관리소장을 바라보던 박 노인이 물었다.

"우리 아파트 입주민입니까?"

관리소장은 입주민이 아니라며 자리를 피한다. 박 노인은 관리소장과 납품업체 직원과는 설비보호제에 대한 토론이 불가능하다고 느꼈다. 납품업체 직원은 수질측정의 기본 단위인 피피엠도 정확하게 이해하지 못하는 것 같았다.

박 노인이 숙제를 내듯 납품업체 직원에게 말했다.

"본사에 연락해서 설비보호제 산출근거를 만들어 주라 하십시오."

박 노인은 납품업체 직원에게 서류를 보완하여 다시 만날 것을 약속했다.

2

박 노인은 휴대폰 검색창을 열었다.

사람들이 방청제에 대하여 얼마만큼 알고 있는지, 어떤 생각을 가지고 있는지 알고 싶었다. 생각보다 방청제에 대한 내용이 많았다. 더구나 인산염 방청제의 폐해에 대해서는 걱정하는 목소리가 심각했다. 그러한 걱정이 오래되었다.

일주일 후, 박 노인은 법적으로 방청제에서 명칭이 바뀐 설비보호제 판매업체 직원과 아파트 관리 사무실에서 다시 마주 앉았다. 관리소장은 도둑고양이처럼 숨을 죽이고 자리를 지켰다.

박 노인이 요구한 설비보호제 투입 산출근거는 없었다. 납품업체 직원은 법적인 사용기준치만 되풀이했다.

─음용수에 첨가하는 설비보호제의 농도는 급수관의 부식을 방지하기 위한 최저한도이어야 하며 인산염 또는 규산염(인산염과 규산염이 혼합되어 있는 방청제의 경우에는 그 성분의 합)의 농도가 10피피엠을 넘지 않도록 하여야 한다.─

음용수에 대한 방청제의 사용기준이다. 박 노인은 한 번 더 물었다.

"법규에 적힌 설비보호제의 농도는 급수관의 부식을 방지하기 위한 최저한도이어야 한다는 뜻은 무엇을 말하는 것이오?"

납품업체 직원은 대답이 없고 준비된 자료도 없었다.

그 대신 인체 무해성 독성 테스트 복사본을 내밀었다. 박 노인은 돋보기를 꺼냈다. 인체 무해성 독성 테스트 서류에는 토끼와 쥐의 독성 시험결과가 나와 있다. 쥐 실험은 중국어로 쓰여 있다. 돋보기를 아무리 맞추어도 박 노인은 서류의 글자를 알아 볼 수 없다. 뉴질랜드 수컷 토끼 실험서류 끝에는 안정성 평가 연구소라고 한글로 쓰여 있다. 두 서류 모두 해당 관청의 관인이나 직인은 없다.

박 노인이 '최저한도'란 용어를 들먹이며 다시 물었다.

"그러면 모든 아파트 수도관에 차별 없이 10피피엠을 투입한다는 말이오?"

납품업체 직원은 말없이 박 노인을 바라보다 컴퓨터 앞으로 갔다. 자판 두드리는 소리가 관리 사무실에 거칠게 울린다. 몇 번이나 거친 소리가 소나기처럼 지나가고 납품업체 직원이 돌아와 자리에 앉았다. 그리고 아무 대답도 없다.

"법에 10피피엠을 넘기지 않도록 투입하라고 했으니까, 우리는 10피피엠을 투입하고 있으므로 아무 문제가 없습니다."

박 노인의 눈길을 피하며 납품업체 직원은 똑같은 말만 되풀이했다.

잠시 말없는 시간이 흘렀다. 박 노인이 화제를 바꿔서 물었다.

"설비보호제 투입 후 수돗물 검사는 해 봤어요?"

납품업체 직원이 기다렸다는 듯 재빨리 대답했다.

"그건 하지요. 매 달 8개 항목을 검사해서 보고합니다."

박 노인은 설비보호제 투입이후 수돗물의 수질변화와 수도관의 부식상태가 어떻게 변화했는가에 대한 물음이었다. 그런데 예측과 다른 대답에 어이가 없어 박노인이 눈을 크게 뜨고 소리쳤다.

"8개 항목?"

박 노인의 반응에 납품업체 직원도 같이 놀라 행동

을 멈췄다. 박 노인의 말이 빨라졌다.

"그건, 간이급수시설에서나 하는 것 아니냐? 보건소에서."

그렇다고 소리 내어 대답도 하지 못한 납품업체 직원은 더 이상 할 말을 찾지 못했다.

부산 수돗물을 만드는 정수장은 광역상수도시설이다. 정수장에서는 음용수 수질기준에 맞게 50가지가 넘는 수질항목을 매일, 매월 검사한다. 소규모 간이급수시설과는 차원이 다르다. 박 노인은 수돗물 수질관리가 법과 원칙에 많이 어긋난다고 느꼈다.

대화의 전세를 역전시켜 볼 계산으로 박 노인을 물끄러미 바라보던 납품업체 직원이 농담을 건다.

"영감님은 왜 그런 유명 메이커 옷을 입고 계십니까?"

박 노인은 할 말을 잃었다. 마주 보고 있어 봐야 아무런 대책이 없다. 박 노인이 소리를 낮춰 화제를 바꿨다.

"투입 현장에나 가 봅시다."

박 노인의 미심쩍어 하는 표정에 기가 죽었던 납품업체 직원이 일어서며 큰 소리로 대답한다.

"어르신, 걱정하지 마십시오. 저희 회사에서 다 알아서 잘 합니다."

아파트 지하 저수조 수돗물 유입탱크에 자동펌프가 설치되어있다.

납품업체 직원은 자동펌프를 가리키며 자랑한다.

"저 펌프는 독일제품으로 완전자동입니다. 펌프에 이상이 생기면 자동으로 설비보호제 투입이 중단됩니다."

박 노인은 납품업체 직원을 보지도 않고 자동펌프를 바라보았다.

−정량 투입 자동펌프−

−옛날 정수장 근무 할 때 액체염소 저장탱크 아래에 설치 된 독일제 펌프−

박 노인은 정량펌프가 유량조절에 오차가 발생하여 자주 고치던 기억이 되살아났다. 피피엠은 백만분의

일 단위이다. 백만 분의 일 단위의 유량조절은 쉬운 일
이 아니다. 물끄러미 자동펌프의 발동소리를 듣고 있
던 박 노인은 고함소리에 눈의 초점을 고정시켰다.

"어르신, 보십시오. 저 기계가 알아서 다 처리합니
다. 걱정 안하셔도 됩니다."

납품업체 직원이 말통에 담긴 설비보호제를 투입탱
크에 붓는다. 저수조의 발전기 소리가 지하공간을 통
째로 울린다. 상수도 시설의 전기장치는 안 봐도 눈에
훤하다. 박 노인은 굉음 속 지하공간을 빨리 빠져 나
가고 싶었다. 박 노인이 손짓하며 소리쳤다.

"저 말통에 붙은 라벨 하나 떼어 줄 수 있어요?"

납품업체 직원이 일 톤 화물차에 가볍게 뛰어올라
가지고 있던 설비보호제 상표를 건네준다. 박 노인이
받아 쥔 설비보호제 제조회사 상표는 가습기살균제를
제조한 회사와 이름이 같았다.

박 노인은 집으로 오는 길에 관리사무실에 들러 아
파트 운영위원장과 동 대표의 전화번호를 받아왔다.

3

부음이다.

노인회장 보다 먼저 이국형이 허태식에게 문자를 보냈다. 고인은 천국교회 교인이다. 일흔 다섯 살의 할머니다. 장례식장은 부산항 대교 아래, 지난 번 101동 고 영감이 다녀 간 곳이다.

빈소에는 차려진 것이 없다. 십자가와 성경 한 권이 전부다. 향로도 없다. 허태식은 상주에게 조문하고 이국형이 오가는 길목에 앉았다.

"정말로 우리 아파트에 40년 살면 죽을까요?"

십자가를 매만지는 고인의 친구 할머니가 묻는다. 허태식은 무어라 대답을 못하고 헛웃음만 보냈다. 고인의 친구 할머니가 멍하니 바라보는 시선에 박 노인의 이야기하는 모습이 다가온다. 허태식은 고개를 끄덕였다.

박 노인은 뭔가 확신을 하고 있는 것이다. 그렇지 않고는 어떻게 그처럼 자신에 찬 수돗물 이야기를 한단 말인가? 허태식은 몰래 쓴 웃음을 지었다.

"이사 가면 더 오래 살 수 있을까?"

고인의 친구 할머니가 다시 물었다. 허태식이 입에 발린 소리로 대답했다.

"하느님의 보살핌이 있지 않겠습니까?"

허태식은 미소를 보였지만 내심 자신도 두려웠다.

박 노인의 '20년 주기 환경재앙설'에 따르면 가습기 살균제 사건 이후 내년이 꼭 이십 년 되는 해다. 허태식은 괜히 가슴이 두근거렸다.

고인을 위한 저녁기도 시간이다. 허태식은 슬그머니 일어섰다. 모여 앉은 신도들의 찬송가 합창에 자신이 없고 함께하는 기도도 아직 어색했다.

고인의 남편 영감은 기도도 않고 등을 벽에 기대어

앉았다. 허공을 바라보는 눈빛이 할멈의 뒷모습을 보는 듯하다. 할멈은 골다공증이 심해 죽었다. 그 원인은 남편 영감도 모른다. 할멈은 젊을 때 힘도 세고 몸도 좋았다. 남편 영감은 벌어진 입으로 할멈을 불렀다.

"할멈- 나는 어찌 살꼬?"

동갑내기 남편 영감은 소리 내어 울었다. 남편 영감이 얼마나 더 살지는 하느님이 아실게다.

허태식은 밖으로 나왔다. 바다 건너 맞은 편 롯데백화점의 조명이 휘황하다. 파도에 일렁이는 불빛이 생동감을 자아낸다. 허태식은 크게 숨을 들이마셨다. 언제 봐도 싫지 않은 영도다리 근처의 풍경이다.

하느님을 부르는 기도소리와 찬송가가 창문을 박차고 나와 하늘로 오른다. 하느님은 대답이 없고 파도소리만 귀를 때린다.

4

박 노인은 두 사람을 싱크대 앞으로 불렀다.

오늘 박 노인이 말하려하는 것은 인산염 방청제, 즉 인산염 설비보호제였다. 수도꼭지를 틀어 흐르는 수돗물을 두 손가락으로 비비면서 박 노인이 말했다.

"물이 끈적끈적 해요, 한번 만져 봐요."

허태식과 이국형이 두 손으로 수돗물을 만지듯 손을 비비면서 서로 쳐다본다. 박 노인의 물음에 뚜렷한 촉감을 느낄 수 없다.

"비누칠을 하고 씻은 후에 수돗물을 만지면 느껴질 거요."

박 노인이 내민 비누를 조금 묻혀서 손끝을 씻고 난 후 두 사람은 아까와 달리 수돗물에 끈끈함이 느껴지는 듯 했다. 박 노인은 엄지손가락으로 다른 손가락을 마찰하면서 두 사람의 반응을 재촉했다.

"끈끈함이 안 느껴져요?"

두 사람은 긍정도 부정도 못하고 어색한 표정을 지었다. 박 노인이 말을 돌린다.

"다 만든 수돗물에 방청제를 투입하여 수돗물이 방청제 화합물과 섞여 그대로 인체에 들어가요."

허태식과 이국형은 잘 알지 못하여 귀를 기울여 들었다.

방청제, 즉 설비보호제는 인산염과 규산염, 두 가지가 있다고 한다. 박 노인이 말하려는 것은 인산염 방청제이다. 새천년 아파트의 저수조 급수관에도 넣고 있다.

박 노인이 복사한 자료를 두 사람에게 나누어 주고 표정이 굳어졌다. 인산염 방청제에 대한 연구논문이다.

5

한국과학기술연구원에서 실험한 방청제의 부식억제에 관한 연구논문이다.

박 노인은 고개를 갸웃거리고 눈을 찡그리며 말했다.

"시료인 수돗물의 염소 농도가 10피피엠이에요."

박 노인은 뭔가 잘못 계산된 것 같다고 말했다. 아니면 실험효과를 높이기 위해 시료에 염소 성분을 첨가한 것으로 여겨진다고 했다. 그러나 그에 대한 설명은 논문에서 찾을 수 없었다고 한다.

박 노인의 말이 빨라졌다. 일반적인 수돗물은 잔류 염소농도가 0.4피피엠 이하이다. 염소 농도가 10피피엠이면 정상범위의 25배다. 그렇게 되면 수돗물에 염소 냄새, 소독약 냄새가 나서 시민들이 단번에 거부감을 나타낼 것이다. 수도관 부식도 빠르게 진행되겠지만 그보다 먼저 정수장에서 염소 투입이 쉽지 않다.

다음 페이지다.

박 노인은 또 아까와 같은 씁쓰레한 표정을 지으며 두 사람을 바라봤다.

연구 논문에 방청제를 투입한 수돗물의 중금속 수치가 식품첨가물의 허용기준치보다 적게 나타나 인체에 거의 무해하다고 했다.

"수돗물은 음용수 수질기준을 적용해야 지, 왜 식품첨가물 허용기준치를 적용했을까?"

박 노인이 웃었다.

"식품첨가물 허용기준치는 음용수 수질기준치보다 허용 폭이 커요. 그 당시에는 더 컸어요. 어떤 중금속은 허용기준치가 몇 십 배나 차이가 나요."

박 노인이 또 웃었다.

"식품도 부식이 됩니까?"

결론에 대한 설명이다.

박 노인은 손가락에 침을 발라 서류를 넘겼다. 서류의 마지막 장을 편 박 노인이 헛기침을 내뱉고 바로 앉았다. 결론의 마지막 두 문항의 설명이다.

　－인산염의 방식효과는 정지상태에서는 나타나지 않으며 유동상태 하에서 부식속도는 방청제의 농도가 증가할수록 그 종류에 관계없이 감소하였다.－

　박 노인이 두 사람의 반응을 살폈다. 두 사람은 마치 기말고사를 준비하는 학생처럼 앉아 있었다.

　－그 사용량은 용액의 관내에서의 체류시간이 2일 미만인 경우에 2피피엠, 2일에서 5일 사이에서 5∼10피피엠이 적합한 것으로 나타났다.－

　박 노인이 입에서 소리가 나도록 바람을 삼키더니 말했다.

　"나는 아무리 읽어 봐도 이게 무슨 말인지 이해가 안 돼요."

　박 노인의 설명이다.

　수돗물의 정지상태라 함은 수도꼭지를 잠근 상태이고, 유동상태는 수도꼭지를 튼 상태일 것이다. 그러면 유동상태가 어떤 상태인지, 유동상태가 체류상태인지 설명은 없고, 다음 항에 용액의 관내 체류시간을 적어 놓았어요.

결론적으로 인산염 방청제 부식억제 효과는 물이 흐르는 수도관에서만 효과가 있다는 것인데, 아파트 저수조에서 집 안 수도꼭지까지 수돗물 흐르는 시간이 한두 시간이면 충분하지, 2일이나 5일 걸리는 아파트가 있습니까?

박 노인은 고개를 저었다. 한국과학기술연구팀은 결론에 앞서 조건을 붙였단다.

─실제의 부식조건과 동일한 부식 환경을 만들 수 없으므로 방식시험은 실지시험과 병행하여야만 정확한 그 특성을 알아낼 수 있다.─

박 노인이 소리쳤다.

이런 비현실적인 결론을 내린 것은 결론을 위한 '결론 짜깁기'예요. 한국 최고의 연구기관에서 새로운 기준을 만들어도 모자랄 판에 다른 연구(기관)에 빌미를 제공할 수 있는 '짜깁기 결론'을 내렸어요.

허태식과 이국형은 말없이 박 노인의 흥분한 모습

을 바라보았다.

　박 노인이 펼쳤던 서류를 밀치고 다음 서류를 끄집
어낸다. 아파트 설비보호제 투입회사가 제출한 서류
들이다.

6

　"이것이 서울시 보건환경연구원에서 발급한 시험검
사 성적서예요."

　박 노인은 허태식과 이국형이 바로 볼 수 있도록 시
험검사 성적서를 돌려보였다.

　"공산품 검사는 공업시험소에서 해야지, 보건환경
연구원에서 한 번 시험한 것을 가지고 다니며 영업하
고 있어요. 정수장에 반입되는 수처리제는 모두 공업

규격에 맞춰 그때 그때 검사 받아요.”

박 노인이 소리 내어 검사 성적서를 손으로 짚으며 읽는다.

“‘성상’ 항목의 기준이 걸작이에요. −성상/이상이 없을 것.”

박 노인이 두 사람을 향해 웃었다.

“마치 장난하는 것 같아요? 검사기준도 없이 눈으로 보고 약품의 성질과 상태를 알 수 있다는 말인지?”

두 사람은 흥분 된 박 노인의 표정을 바라보며 무어라 대답이 없다. 박 노인이 시험 성적서 기록항목을 계속 읽는다.

“−결과/적합. 그리고 검사 목적이 참고용.”

고개를 들어 두 사람을 바라보다 박 노인이 마지막 줄을 읽었다.

“이 시험. 검사성적서는… 광고, 선전 등에는 이용할 수 없습니다.”

박 노인이 한숨을 쉬며 입을 삐죽였다.

“그 당시에도 한 이 년 지난 서류예요. 그래도 관인

이 찍혀있어요."

허태식과 이국형이 자세한 뜻을 몰라 박 노인을 바라봤다.

"한 마디로 검사는 했지만 시험결과에 대한 책임은 지지 않는다는 말이지요."

이국형과 허태식은 박 노인의 다음 말을 기다렸다.

입으로 바람소리를 낸 박 노인이 방청제 수처리 허가기준과 음용수 수질기준이 차이가 난다며 책갈피를 툭툭 쳤다.

"이것 보세요. 방청제의 중금속 기준과 음용수 수질기준이 달라요. 더구나 가장 기본적 항목인 PH(수소이온농도)부터 범위가 차이나요."

두 사람은 박 노인이 펼친 책장을 들여다보며 고개를 끄덕거렸지만 눈에 들어오는 글자는 한글로 쓴 '—이하'라는 글자뿐이었다. 박 노인이 혀를 차며 소리쳤다.

"이런 것은 기준이 없는 것이 아니라 기본이 안 된 거예요. 기본!"

두 사람은 마치 박 노인에게 꾸지람을 듣는 것처럼 말없이 앞만 바라보았다.

서울시 보건환경연구원 연구논문이다.

박 노인은 생수를 들이켜고 입맛을 다셨다. 그리고 다시 흥분이 시작됐다.

서울특별시 보건환경연구원보에 실린 '음용수 중 인산염 방청제의 유해성 평가' 논문이다. 실험방법은 수돗물에 시판하는 인산염 방청제를 농도별 투입하여 결과를 검사, 분석했다.

박 노인이 헛웃음을 보이며 소리쳤다.

"십 년 전의 한국과학기술연구원의 논문을 흉내 낸 것 같아요."

박 노인의 설명이다. 한국과학기술연구원의 논문에서는 방청제의 효과에 대하여 실제의 부식조건과 동일한 부식 환경을 만들 수 없으므로 방식실험은 실지실험과 병행하여야만 그 정확한 특성을 알아낼 수 있다고 했다. 한마디로 방청제의 효과가 현실성이 없다는 말이다.

　박 노인은 아까보다 점잖아졌지만 흥분된 얼굴색은 변함이 없다.

　"결론부터 말하면 서울시 보건환경연구원에서 인산염 방청제를 넣은 수돗물을 검사해보니 음용수 수질기준에 적합하다는 거예요."

　박 노인이 또 웃음을 토해냈다.

　"우리나라 음용수 수질기준에는 '인'과 '인산염'에 대한 수질기준이 없어요. 그러면 검사목적이 인산염의 유해성 평가인데, 검사의 의미가 없는 것 아니에요?"

　박 노인의 말이 다시 빨라졌다.

　"더욱 가관인 것은 '인'의 검사 수치에요."

　박 노인은 생수로 입술을 축이고 말을 이어갔다.

　"결론에 '인'의 최대허용 섭취량이 나와요. 최대허용섭취량이 취사량인지 그건 난 모르겠어요. 60킬로그램 체중의 사람이 하루 4200밀리그램을 섭취해도 괜찮다는 거예요. 친절하게 설명을 추가 해놨어요."

박 노인이 잠시 두 사람을 바라보다 입술을 삐죽였다.

"그러면 수돗물 먹는 어린 아이들은 어쩌지요?"

박 노인이 웃음을 머금으며 파란색 표지의 책을 펼쳤다.

'보건사회부 음용수관리 업무편람'이다.

"이것 보세요. 주요 외국의 음용수 수질기준에 영국의 기준치예요."

박 노인이 펼친 주요 외국의 음용수 수질기준에 영국만 '인'의 기준치가 있다. 서울시 보건환경연구원에서 검사한 인산염 방청제 첨가 수돗물은 '인'의 영국 수질 기준치를 초과했다.

박 노인은 몹시 흥분했다.

"우리나라에 기준이 없으면 다른 나라의 기준치라도 참고해야지, 그런 건 무시하고 난데없이 일일 최대 허용섭취량을 들고 나와 결론을 지었어요."

박 노인이 생수병 뚜껑을 따서 통째로 물을 마신다.

"더구나 참고한 연구 문헌에는 인산염이 인체에 해롭다고 명시되어 있어요. 이 논문의 연구목적이 음용수 중 인산염 방청제의 유해성 평가예요. 그러나 그에 대한 대책은 분명한 설명이 없어요."

"그런데" 하며 박 노인이 짬을 들이며 고개를 갸웃거렸다.

"국가기관인데, 기준이 없으면 기준을 만들어야 할 국가기관이 '현실 짜깁기'나 하고 있으니…"

이 집도 웃기는 집이에요 하면서 박 노인이 크게 웃었다.

"룸―살롱 냄새가 나요."

박 노인은 다시 이야기 레일 위를 달린다.

한 터널을 지나면 또 한 터널이 나타난다. 두 사람은 탈선할 수 없었다.

"오기성이 그러대요. 어느 정수장 정수계장이 새로운 정수처리 약품을 구입하여 사용하면서 외치드레요. '수돗물 먹고 죽었다'는 걸 증명할 수 있나?"

박 노인은 허탈한 웃음 뒤에 슬픈 표정을 지었다.

－띵 똥－

파출부 오는 시간이다. 순간 세 사람은 서로의 얼굴을 바라봤다. 두 사람은 자신의 물건을 두고 가는 듯 아쉽게 일어섰다.

7

마산 창동 통술집이다.

그날 박 노인이 마산에서 오기성을 마지막으로 만난 이야기다. 박 노인은 마산 합성동의 극장 영사기를 고쳐주고 집으로 돌아가는 길이었다. 오동동 다릿가 신호등에서 마주 오는 오기성을 만났다. 퇴직하고 처음이다.

"오 기사!"

박 노인이 먼저 오기성의 손목을 이끌었다. 옛날 자주 들렀던 통술집을 찾았다. 통술거리는 옛날처럼 번들거리지 않았다. 쇠락한 모습이 역력했다.

－오 공주 통술집－

여 주인은 딸이 다섯인 집의 장녀로 태어나 시집 안간 동생들을 데리고 장사했다. 통술집은 옛날 그대로다. 이제 여동생들은 없다. 오기성이 다가가자 여 주인이 오기성을 알아보고 활짝 웃는다. 오기성은 안경 쓴 얼굴로 순박하게 웃는 여 주인을 좋아했다.

오기성은 큰 소리로 대구탕을 주문했다. 이 집에서 처음 대구탕을 먹은 날, 오기성은 대구탕 가격과 맛에 놀랐다.

"아―니, 대구탕인데, 가격이 삼천 원 밖에 안 돼요?"

통술집 주인, 오 공주의 큰 언니가 웃으며 대답했다.

"대구가 국산이 아니고 월남산이에요, 한 마리 천 원."

오기성이 시원한 대구탕 맛을 칭찬하자 여 주인이

비밀을 알려줬다.

"대구에 바다 몰을 넣으면 최고의 맛을 낸다는 것을 할머니에게 배웠어요."

오기성은 몰 줄기가 씹히는 대구탕을 마시며 오 공주 통술의 여 주인을 칭찬했다.

"사장님은 마음이 착해 복 많이 받을 겁니다."

오기성의 칭찬에 여 주인은 얼굴을 붉히며 웃었다. 그 이후 오기성은 오 공주 통술의 단골이 되었다.

오기성도 박 노인만큼이나 입담이 좋다.

청주 잔을 두어 순배 돌린 두 사람은 술기운보다 만난 즐거움에 더 취했다. 박 노인이 묻기도 전에 오기성이 말문을 먼저 열었다.

"요새 소설을 쓰려고 작가 선생님을 찾아 원고를 보냈는데."

박 노인이 놀란 표정으로 오기성을 바라본다. 박 노인은 오기성이 화공약품 판매상을 한다고 알고 있었다. 오기성이 눈치를 채고 얼굴을 돌리며 씩- 웃는다.

"난 장사 체질이 못 되서, 한 오년 버티다가 그만 망했습니다."

박 노인은 오기성을 대단한 젊은이로 여겼다. 행동도 모범적이었지만 사명감이 뚜렷했다. 그래서 정수장 근무시절 시간 나면 실험실의 오기성을 찾아갔다. 박 노인이 얼굴을 내밀어 더 묻기도 전에 오기성의 이야기가 쏟아졌다.

"어떤 소설을 쓰려고 하냐 하면, 환경에 관한 소설입니다. 그런데 사람들이 생각보다 환경에 대해 무지하고 관심이 없어요."

오기성이 고개를 떨어뜨리고 술잔을 만지다가 잔을 치켜든다. 박 노인도 오기성을 바라보다 술을 들이켰다. 대구탕 국물을 소리 나게 숟가락질한 오기성이 큰 소리를 냈다.

"그런데 소설 작가 선생님 왈, 우리나라에서 소설 쓰려면 꼭 끼워 넣어야 할 게 있대요. 그게 뭐—냐하면…"

오기성이 박 노인을 보고 씩 웃더니 의자에 등을 받

치고 말했다.

"섹스(sex)!"

박 노인이 웃었다. 오기성이 통술집 여 주인이 듣도록 소리친다.

"섹스−, 그거 없으면 책 안 팔린대요."

박 노인이 '섹스' 소리에 얼굴이 붉어진다. 두 사람이 동시에 술잔을 들었다.

"거− 시설계 직원들 말입니다."

오기성이 박 노인을 바라보며 정수장 근무 때 일로 말머리를 돌렸다.

"갑자기 정수에 칼슘을 첨가하여 시민 건강을 증진시키겠다는 겁니다. 그래 그 근거가 뭐냐? 물었더니…"

오기성이 대구탕을 그릇째 들고 소리 내어 마신다. 한동안 그릇과 입 사이에 걸쳐진 바다 물을 정리하고 고개를 든다.

"시설계장 말이, 자기가 아는 대학의 한 교수가 수

돗물에 칼슘을 첨가하는 방법으로 소석회 녹인 물을 첨가하면 된다는 겁니다."

말을 마친 오기성이 박 노인에게 소석회 분자식을 왼손바닥에 오른손 집게손가락으로 쓰며 설명했다.

"그래서 관련 자료를 찾아보니까, 소석회가 분해 되어 칼슘만 분리되어 인체에 흡수되지 않는다고 되어 있었습니다. 그런 화학 반응 자체도 존재하지 않아요."

오기성이 침을 꿀꺽 삼키고 대구탕에 숟가락을 담근다.

"애꿎은 사람 잡겠다 싶어, 제가 관리소장실에 들어갔습니다. 시설계에서 주장하는 정수 칼슘투입 계획을 중지시켜 달라고 강하게 말했습니다."

오기성은 정수장 관리소장에게 신임을 두텁게 받고 있었다. 그러나 관리소장은 오기성의 제안을 접수도 하지 않았다.

"예산이 이미 편성되어 있고, 또 시장님 지시사항

이다.”

시설계장은 시장에게 점수를 딴 사람이었다.

오기성은 다시 관리소장을 찾아갔다. 예산을 집행
하되 부작용이 없는 소석회 투입의 대안을 제시했다.
그러나 그것마저도 오기성의 제안은 일언반구에 거절
당했다.

소석회 아니 칼슘을 정수에 투입한 날 온통 난리가
났다.

수돗물이 뿌연 석회수가 된 것이다. 소석회를 투입
한 시설계 직원이 잿빛이 된 얼굴로 오기성에게 달려
왔다.

“그래도 수돗물 먹고 죽은 사람은 아직 못 봤답
니다.”

오기성이 가라앉은 목소리로 말했다. 박 노인이 그
당시 상황을 떠올리며 싱긋이 웃었다. 오기성이 술잔
을 들어 한꺼번에 다 비우고 입맛을 다신다. 오기성의

얼굴이 터질 듯 붉어졌다.

"우리 정수장도 원수 체류시간을 30분만 늦추어도 처리 약품비가 반으로 줄어들 텐데 말입니다."

수돗물을 만들 때 화학적 처리를 최소화해야 한다고 오기성은 언제나 강조했다. 박 노인이 고개를 끄덕였다. 자신이 가 본 일본의 어느 정수장에는 물을 오래 흐르게 하여 정수를 만들더라고 하면서 맞장구를 쳤다.

박 노인이 한 잔 더 하자며 오기성의 소매를 붙잡았다. 오기성이 너무 늦었다며 거절한다.

"제 책 나오면 한 권 보내드리겠습니다. 박 주임님."

'박 주임'은 정수장 근무 때 박 노인의 호칭이다. 박 노인은 오기성과 연락처를 교환하고 서로 손을 흔들었다.

8

아흐레째다.

허태식과 이국형은 집 안으로 들어서기 바쁘게 박 노인의 입을 살폈다. 박 노인이 벌써 설명할 자료를 펼쳐 놓았다.

"이 자료에요. 서울시 보건환경연구원 논문보다 십여 년 정도 빨라요."

박 노인이 복사된 자료를 오른손으로 툭툭 치며 말했다.

"인산염 방청제, 아니 인산염 설비보호제에 대한 결론을 제시한 논문이에요."

이국형과 허태식이 고개를 내밀어 자료의 윗부분을 살폈다.

―특집 제30회 '수도' 심포지엄 발표 논문―

박 노인의 느리면서 강한 목소리가 집 안을 울린다.

"공교롭게도 '수도'지에 실린 한성호 교수의 논문이에요. 오기성이 이야기 한 재미동포 노신사가 발행한 '수도' 잡지 말이에요."

박 노인은 오기성을 생각하는 듯 잠시 창밖을 보다 침을 삼켰다.

"논문에 인산염 방청제는 선진국—미국, 독일—에서는 사용하지 않는다는 거예요."

박 노인은 논문 다음 장의 밑줄 친 부분을 가리키며 읽었다.

"독일, 미국 등 대부분의 선진국에서는 무해성이 입증된 규산염계 방청제만을 사용하고 있다."

박 노인은 말없이 두 사람을 응시했다. 두 사람의 숨소리가 세 사람의 귀에도 들린다. 박 노인이 다시 손가락으로 논문의 밑줄이 그어진 중간 부분을 소리 내어 읽었다.

"그 물을 지속적으로 섭취한다면 칼슘과 결합해 인체 조직에 침착되어 칼슘결핍에 의한…"

박 노인이 잠시 숨을 들이 쉬다가 내뱉는다.

"뼈의 성장장애, 혈관경화, 빈혈, 요독증, 신경화증, 신부전증, 고혈압 등의 원인이 되는 것으로 알려져 있다."

박 노인이 다 읽은 자료를 덮고 다음 자료를 설명한다. 국립환경연구원 논문의 인용문이다.

"수질의 부영양화를 초래하여 이후 하수처리에도 어려움을 가중시킬 수 있다."

자료 읽기를 마친 박 노인이 허탈하게 웃으며 두 사람을 바라본다.

"유럽의 한 나라는 음용수 수질기준에 '인산염'이 '불검출'이에요. 그런데 우리나라는 수돗물에 '인산염'을 첨가하도록 하니, 이거야말로 우리정부는 '국민 자해단'이에요."

허태식의 귀에는 박 노인의 이야기가 정확하게 들리지 않았다.

갑자기 아내의 기침소리가 들리고 귀가 멍해졌다.

"40년 전 낙동강 페놀유출사건이나 20년 전 가습

기살균제 사건이나 지금 방청제 투입 현실이나 똑같은 형태예요."

　박 노인은 설명이 끝났는지 말이 없다. 허태식과 이국형이 엉덩이를 쉽게 떼지 못한다. 박 노인이 눈치를 채고 빠르게 말한다.

　"그리고 하나 더, 다 함께 룸−살롱 방문−"

　박 노인이 웃으며 일어선다. 두 사람이 인사말을 마무리 짓지도 못하고 구두를 챙긴다. 물끄러미 두 사람을 보고 섰던 박 노인이 갑자기 손을 저어 기다리라며 안방으로 뛰어간다. 오기성이 쓴 책이다.

　−신(神)은 알고 있다−

신(神)은 말하지 않는다

1

괴담 조사 마지막 집이다.

−103동 202호 이순기−

허태식과 이국형은 엘리베이터의 하단 세모를 눌렀다. 두 사람은 말이 없다. 허태식은 성난 듯한 표정이다. 이국형이 힐끗거리며 허태식의 얼굴을 살핀다.

엘리베이터의 숫자가 멈추었다. 문이 열리자 그 안

에 강 할멈과 박 노인의 파출부가 함께 서있다. 이국
형이 눈빛을 번쩍이며 먼저 물었다.

"강 할머니, 여기 웬일이십니까?"

강 할멈이 두 사람을 보고 입을 삐죽이며 그것을 이
제 알았냐는 듯 쳐다본다.

"우리 형부 집."

이국형이 제스처를 크게 하며 다시 물었다.

"친형부 집입니까?"

강 할멈이 특유의 비틀 듯한 몸짓을 하며 대답 대신
참외를 들어 보인다.

"친구 언니 집이예요."

죽은 박 노인의 아내가 친구 언니였단다. 강 할멈
은 이국형이 묻지도 않은 이야기를 털어놨다. 명절
때 대신동에 사는 친구와 여기서 만난다고 한다. 강
할멈의 이야기를 듣던 허태식이 이국형의 옷자락을
잡아당긴다. 이국형은 강 할멈의 뒷모습을 물끄러미
바라보았다. 강 할멈이 사라진 자리에서 그녀의 목소
리가 들려온다.

─회장님, 우리 아파트에 40년 살면 죽는다는 것 아
세요?─

　문이 닫힌 엘리베이터 안이다.
　허태식의 귀에 박 노인의 목소리가 생생하게 들려
왔다.
　─나는 그날 이후 수돗물 안 먹어.─
　허태식은 아내가 수돗물을 들이키는 모습이 떠오
르고 아내의 물 삼키는 소리까지 들린다. 박 노인 입
속의 금이빨이 보이고 목소리가 다시 살아난다.
　─먹는 물 설비보호제 투입 어쩌고 하는 간판을 본
지가 30년이 넘었어.─
　허태식은 이국형이 부르는 소리에 머리를 털며 앞
을 봤다. 2층이다.
　이국형이 벨을 누르고 기다렸다. 집 안은 조용하
다. 중학생으로 보이는 남자아이가 나온다. 이국형이
물었다.
　"이순기 씨 계시는가?"

문고리를 잡은 남자아이가 두 사람을 쳐다본다.

"할아버지, 어젯밤에 돌아가셨습니다."

두 사람은 장례식장을 묻지 않았다. 이순기 씨의 손자는 표정 없이 눈빛만 번쩍이다 문을 닫는다.

2

허태식은 꼬박 밤을 샜다.

어제 오후 이국형과 마주 앉은 상가 발코니에서부터 아내에게 가야 한다는 생각에만 젖었다.

오늘 밤에 갈 것이냐? 내일 아침에 갈 것이냐? 하며 불안해하는 허태식을 보고 이국형이 쓸데없는 걱정이라고 위로했지만 허태식의 눈동자는 초점을 잡지 못했다.

다음 날 새벽, 허태식은 남해 처갓집으로 달렸다. 자꾸만 박 노인의 이야기가 떠오른다.

―그 물을 지속적으로 섭취하면 칼슘과 결합해 인체 조직에 침착되어 칼슘 결핍에 의한―

허태식은 불길한 생각을 떨쳐버리기 위해 머리를 흔들었다. 그래도 박 노인의 얼굴 모습은 사라지지 않는다.

―뼈의 성장장애, 혈관경화, 빈혈, 요독증, 신경화증, 신부전증, 고혈압 등의 원인이 되는 것으로 알려져 있다.―

허태식은 가쁘게 숨을 쉬는 아내의 얼굴이 떠올라 자신도 몰래 한숨을 쉬었다. 남해대교를 지나면서 허태식은 남해대교 아래를 흐르는 여명에 물든 붉은 파도를 보지 못했다.

아내는 맑게 웃었다.

허태식은 죄지은 사람처럼 자신의 생각을 말했다. 아내가 고개를 끄덕였다. 자신의 한숨소리보다 아내의 숨소리가 더 크게 허태식의 가슴을 자극한다.

"하룻밤 더 자고 가."

장모님의 부탁을 허태식은 거절하지 못했다. 점심을 먹은 후 유자차 향기를 머금고 허태식은 아내와 함께 암자에 올랐다.

대학시절 동아리의 첫 야유회 때처럼 두 사람은 손을 잡고 환하게 웃었다. 산과 바다는 내리쬐는 햇살에 눈부시다. 아내는 부처님께 108배를 올렸다. 허태식도 따라했다. 두 사람 사이에 앉은 부처님은 웃지 않는다. 집으로 돌아오는 길에 아내는 암자 입구 돌탑에 달걀만한 돌을 얹었다. 돌탑은 아직 다보탑처럼 날씬하지 않다. 돌탑에 합장하며 아내가 바란다.

"다음에 오면 내 키만큼 커 있어라."

뻐꾸기가 울 때마다 허태식은 호흡이 맞지 않고 박노인의 이야기가 생각 나 이마에 땀이 솟았다. 아내는 식구 중 새천년 아파트에 가장 오래 살았다. 결혼하고도 아파트를 떠난 적이 없다. 절약한다고 생수를 사먹는 것은 생각지도 못했다. 인산염이 든 수돗물만 먹었다. 40년이 다 되어간다.

　주위가 온통 아파트다.

　병원 입구 인조계단 굽이진 곳의 난관을 잡고 허태
식은 심호흡을 했다. 산 중턱 병원을 오가는 사람들이
국제시장의 인파보다 더 많다. 허태식은 고개를 돌렸
다. 뒤따라오는 아내가 상기된 얼굴로 허공을 바라보
고 섰다.

　허태식은 예약된 검진실을 찾아 부지런히 걸었다.
경사진 복도 끝이다. 차례를 기다리는 사람들 중에 웃
는 사람은 없다. 허태식은 불안한 눈시울로 아내의 눈
동자를 찾았다.

　아내의 가슴에 청진기를 얹은 의사의 표정이 한동
안 움직이지 않는다. 허태식은 의사의 입에 시야가 고
정되었다. 의사가 고개를 끄덕이더니 간호사를 불렀
다. 아내는 커튼 안으로 사라진다.

　검진을 실시한 다음 날, 허태식은 의사의 부름을 받
았다. 의사는 웃음을 보이려했지만 어색해 보였다. 허

태식은 마른 침을 삼키고 헛숨이 나왔다. 의사는 허태식을 바라보는 듯, 돌아서는 듯 한 자세로 말했다.

"폐−조직검사를 해 봐야겠습니다."

허태식이 무어라 말하려 했지만 의사의 말이 더 빨랐다.

"검사 결과는 일주일 뒤에 나옵니다."

허태식이 문을 찾지 못하는 사람처럼 머뭇거리자 간호사가 손짓을 한다.

비좁은 복도를 따라 허태식은 밖으로 나왔다. 병원 출입문을 열고 나가는 사람과 들어오는 사람들이 서로 경쟁하듯 드나든다.

−그 물을 지속적으로 먹으면 인체조직에 침체되어 혈관경화, 빈혈, 요독증… 폐암의 원인이 되는 것으로 알려져 있다.−

허태식은 머리를 흔들었다. 왜 하필 '폐암'이라고 말하는 박 노인의 목소리가 귀에서 떨어지지 않는가?

3

길 잃은 나그네처럼 허태식은 천국교회로 들어갔다.

평일이라 교회에 사람은 없다. 창문 옆 맨 끝자리에 앉아 두 손을 깍지 끼웠다. 의사의 표정과 아내의 얼굴이 떠오르고 눈 속에는 번개 치는 적막함이 흐른다. 허태식은 자신도 모르게 신음을 토했다. 큰길을 다니는 자동차 소리가 고무줄을 튕기듯 들려온다. 소리가 사라진 공간에 갑자기 허태식의 눈앞이 어두워진다.

'아내가 없으면?'

허태식은 머리를 의자등받이 아래로 떨어뜨렸다. 교회 밖에서 햇빛 쏟아지는 소리가 들린다. 허태식은 자신의 나약함에 웃었다. 그리고 아내의 웃는 얼굴을 보았다.

허태식은 눈을 떴다. 꿈같다. 땡볕에 늘어진 장미꽃 잎이 소리 없이 떨어진다.

허태식은 일주일 동안 밤마다 꿈을 꾸었다.
꿈에 나타나는 사람은 남자다. 검은 옷을 입은 남자다. 얼굴은 알 듯 말 듯 하고, 행동은 분명하다. 허태식을 붙잡고 일으켜 세우려 한다. 허태식이 일어나지 못하고 허우적대면 검은 옷의 남자가 무어라 외치며 허태식의 등을 떠민다. 그럴 때면 허태식이 남자의 힘을 느낄 만큼 기운이 와 닿는다. 허태식은 일어나지 못하고 허우적대다가 돌아눕는다. 일어서지 못하는 허태식을 붙잡고 검은 옷의 남자가 울부짖는다. 남자의 행동과 모습이 허태식의 눈앞에 생생하다. 허태식은 절박감에 소리 지른다. 자신의 고함에 가위 눌린 허태식이 주저앉아 어둠을 바라본다. 옆에는 아내가 누워있다.
다음날 밤에도 그 남자가 꿈에 나타났다. 허태식이 일어나려 소리쳤다. 몸은 움직이지 않는다. 그 남자는 허태식을 일으켜 세우려고 안간힘을 쓴다. 일어서지 않는 허태식을 온몸으로 일으키려는 남자가 울부짖는다. 허태식이 무어라 외치며 그 남자를 바라본다. 그 남자도 허태식을 향해 손짓하며 무어라고 외친다. 들리는 소리는 없다. 우는 것 같기도 하고, 일어나 함께 가자는 것 같기도 하다. 허태식은 그날 밤도 소리치다 잠을 깼다.

아내의 폐 조직검사 결과가 나온 날이다. 허태식은 부음을 받았다. 이국형이 교통사고로 죽었단다. 아파트에서 큰길로 내려오는 작은 도로에서 사고를 당했다는 것이다. 시간은 새벽 동이 트기 전이라 한다. 그날 밤 꿈에 허태식은 검은 옷의 남자를 만나지 않았다. 아내는 폐암 진단을 받았다. 그날 이후 허태식은 천국교회에 발길을 끊었다.

4

허태식은 하루 종일 한 가지 소원을 빌었다.

아내가 옛날처럼 일어나는 것이다. 아내의 삶이 곧 자신의 삶이라는 것을 이제야 알았다. 지금껏 느껴보지 못한 감정이다. 결혼 35년만이다. 부부는 일심동체란 말을 비로소 깨달았다. 기도와 정성으로 허태식은 아내 곁을 지켰지만 아내의 병세는 돌이킬 수 없었다. 허태식의 애절한 노력에도 아내는 일어서지 못했다. 신록이 다시 찾아온 눈부신 오월이다.

음력 사월 부처님 오신 달이다. 허태식의 아내는 고향에서 사라진 비단 물고기를 찾으려 하늘나라로 떠났다. 허태식은 아내의 유언대로 유골을 고향 뒷동산에 돌려주기로 했다.

초파일 전날이다. 허태식 아내의 친구 외숙이는 친구와 함께 다닌 초등학교 산등성이에서 먼 길 가는 친구를 기다리고 있었다. 허태식은 아내가 뛰놀던 고향 뒷동산, 할미꽃이 피어있던 황토구덩이 위 키 큰 소나무 아래 유골을 묻었다. 손 내밀면 잡을 것 같은 한려수도는 오월 봄빛에 아내의 눈동자처럼 빛났다. 허태식의 장모는 울음소리를 내지 않으려고 몸부림쳤다. 그러나 딸의 친구 외숙의 한탄에 통곡했다.

"왜 니가 먼저 죽노? 니는 울어 줄 사람이라도 있지만 나는 울어 줄 사람도 없다. 내가 죽으면 니가 울어 준다고 약속해 놓고, 먼저 가면 나는 어쩌노? 이 가시내야!"

외숙이의 '이 가시내야' 하며 친구를 부를 때마다 허태식의 가족들은 숨도 쉬지 못하고 울음을 토했다. 외숙은 친구와 함께 좀 더 놀다 가겠다며 산등성이에서 일어설 줄 몰랐다. 함께 다니던 초등학교를 내려다보며 외숙은 연신 친구를 불렀다. 그럴 때마다 허태식의 가족들은 통곡했다.

운동회 때 이야기, 2학년 미술시간에 그린 건물 입구 '파초' 나무 이야기, 소풍 간 이야기를 읊조리며 친구를 다독이듯 하다가 다시 큰 소리로 외쳤다.

"니가 그렇게 찾던 비단 물고기는 어쩔끼고? 내가 찾아야 되나? 이 가시내야!"

외숙은 친구와 함께 다녔던 폐교가 된 초등학교를 바라보며 하염없이 눈물을 흘렸다. 허태식이 이제 돌아가자고 만류해도 소용없었다.

한려수도 건너 여수 오동도의 등대가 불을 반짝일 때 외숙은 친구의 이름을 부르며 엉덩이를 털었다.

"나 이제 갈란다. 이 가시내야, 조금만 기다려라 나도 곧 니 따라 갈끼다."

마지막 석양빛을 뒤로 하고 외숙은 어머니가 입원한 읍내 요양병원으로 떠났다.

허태식은 식구들과 함께 하룻밤 묵기로 했다.

여장을 푼 허태식은 집 안을 둘러봤다. 아내의 발자국이 소리치며 따라온다. 허태식은 항아리가 놓인 우물가에 섰다. 자신도 모르게 미소가 돈다. 아내가 그랬던 것처럼 우물 속을 들여다보며 허태식이 소리쳤다. 그런데 우물 속에 있어야 할 찰랑이는 물거울이 보이지 않는다. 왜 우물물이 사라졌느냐고 허태식이 물었다. 장모님의 대답에 힘이 없다.

"암자에서 요사채를 짓고 찻길을 내면서 우물물이 줄어들어 이제는 바가지로 물을 뜰 수가 없어."

허태식은 항아리와 우물을 바라보고 섰다. 알 수 없는 분노가 치솟는다. 유자차를 내오며 즐거워하는 장모님의 모습과 잿상을 차리는 암자의 주지 모습이 뇌리를 오간다.

허태식은 물이 바닥에 깔린 큰 항아리에 얼굴을 묻었다. 숨소리가 항아리에 가득 찬다. 항아리 물 표면에 아내의 얼굴이 일렁인다. 허태식은 이빨을 악물었다. 힘껏 숨을 들이쉬고 내뱉었다. 항아리가 길게 운다. '올봄에는 해외여행 가자'는 말에 아내의 웃음소리가 들린다. 허태식은 고개를 들지 못했다. 잡을 수 없는 눈물이 항아리 수면에 거칠게 떨어진다.

'왜 죽는 줄도 모르고, 왜?'

허태식은 몸을 부르르 떨었다. 참을 수 없는 울음이

터져 항아리를 흔든다.

바다 건너 서산으로 넘어가는 석양이 아내의 화장
한 얼굴처럼 눈부시다.

저녁을 먹은 뒤 허태식은 큰길가로 내려와 소주 한
병과 일회용 라이터를 샀다. 축대 위 소나무를 등지
고 북쪽을 향해 앉았다. 망운산 아래 초파일의 암자
가 오색등처럼 빛난다. 허태식은 소주를 들이켰다.
알코올 냄새가 싫지 않다. 한려수도 저편에 불빛이
화려하다.

허태식은 처갓집에 오면 저녁 식후에 으레 아내와
함께 큰길가 축대 위 소나무를 찾았다. 소나무는 위로
자라지 않고 옆으로 늘어졌다. 등이 구부러진 외할머
니 같았다. 축대 끝에 앉아 한려수도를 바라보며 아내
와 함께 '미래'를 노래했다. 큰 아이 '한'이 과학 고등학
교 영재원에 입학한 뒤부터 아내는 말이 많아졌다. 발
아래로 커다란 불덩이 같은 유조선이 뱃고동을 울리며
느리게 지나간다. 두 사람은 밤새는 줄도 모르고 소나

무 아래에서 행복을 설계했다.

　암자로 올라가는 자동차의 전조등이 살피듯 허태식을 훑고 지나간다. 암자의 불등이 아까보다 더 화려하다. 허태식은 애써 북쪽을 바라봤다. 옆 마을로 가는 큰길 오르막의 어둠과 바다의 빛남이 또렷하게 경계선을 만든다. 허태석은 망부석처럼 자정이 넘도록 소나무 아래 앉아있었다.

　마을에는 인기척도 없다.

　휴대폰을 꺼내 본 허태식이 일어섰다. 큰길 아래 축우장에서 소의 잠꼬대가 들려온다. 허태식은 천천히, 흔들거리면서 암자를 향해 걸었다. 술기운이 올라 얼굴이 뜨겁다. 허태식은 처갓집 담벼락에 한참동안 기대어 섰다. 하늘을 바라보고 한숨을 길게 내쉬고 걸음을 옮겼다. 호흡이 가빠지고 심장 뛰는 소리가 불안하게 들린다. 허태식은 목에 걸린 가래를 떼어내듯 생기침을 여러 번 했다.

　암자 법당과 마당에는 초파일 축원등이 전깃줄에

앉은 참새 떼처럼 붙어있다. 허태식은 부처님 앞으로 나아갔다. 큰절은 않고 두 손을 모으고 고개만 숙였다. 허태식은 불전함을 들여다봤다. 불전함 투입구 아래로 돈이 보인다. 돈이 쌓여 포개어지지 못한 지폐들이 반쯤 서 있다. 손을 조금만 밀어 넣으면 꺼낼 수 있을 것 같다. 허태식이 침은 꿀꺽 삼켰다.

허태식은 다시 한 번 부처님께 합장하고 법당을 나왔다. 요사채 부엌에는 보살 두 명이 음식을 먹고 있다. 한 명은 나이가 많고 한 명은 젊어 보인다. 허태식은 부엌을 돌아 조용히 법당 뒤로 갔다. 부엌의 말소리가 사라졌다. 두 여인네가 음식을 다 먹은 모양이다.

허태식은 법당 옆문을 통하여 다시 안으로 들어갔다. 신은 벗지 않았다. 문 안쪽에 쌓인 방석 하나를 꺼냈다. 앞뒤를 뒤집어 보던 허태식이 문턱에서 뒤돌아 일회용 라이터로 방석에 불을 붙였다. 때 묻고 다져진 방석이라 쉽게 불이 붙지 않는다. 허태식은 두 손으로 방석을 당겨 부풀리게 하던 중 방석이 찢어진다. 허태식은 찢어진 방석 안으로 일회용 라이터의 불길을 쏘아댔다. 찢어진 섬유와 방석 안감의 부푼 면에 불이 붙는다. 허태식은 방석을 들고 불꽃을 살린 다음 불붙은 방석을 방석더미 아래에 놓았다. 그리고 암자 뒤 산속으로 몸을 피했다. 북쪽 산등성이를 돌아 처갓집으로 갈 요량이었다.

암자가 불타는 소리가 들린다.

허태식은 뒤돌아섰다. 생각보다 늦게 불길이 치솟는다. 암자의 불길이 망운산으로 번져간다. 하늘로 치솟는 불길이 자신을 향하여 달려드는 것 같다. 불꽃이 이는 바람에 얼굴이 뜨겁다. 허태식은 손으로 얼굴을 가렸다. 불길 속에서 아내의 비명이 들린다. 자신을 부르는 소리다. 암자의 불길이 아내가 있는 곳으로 덮쳐간다. 허태식은 아내를 부르며 불길로 들어갔다. 허태식은 아내를 향하여 소리쳤다. 아내가 웃는다. 허태식은 손을 내밀었다.

"한이 엄마—"

하늘로 치솟는 불꽃이 허태식과 허태식이 손잡은 여인을 감싸고 죽도록 열풍을 휘몰아친다.

새천년 아파트의 괴담 조사는 끝났다.

노인회장은 강 할멈과 함께 박 노인을 찾았다. 허태식 아내의 죽음이 과연 수돗물 때문인가를 물어보고 싶었다.

"정말로 인산염 수돗물을 오래 먹으면 폐암이 걸리는가요?"

노인회장이 불안한 눈빛으로 박 노인을 바라봤다. 박 노인이 엷은 미소를 보이며 자료 봉투를 열어 서류를 풀었다. 돋보기를 조절하며 손에 침을 바르고 서류를 넘긴다.

"여기 있네."

박 노인이 서류 하단을 짚으며 내민다. 노인회장이 두 손으로 서류를 받들고 박 노인의 손끝을 따라간다.

서울대학교 연구팀의 쥐 실험결과라고 설명하면서 인산염을 과다 섭취하면 인체 부작용으로 폐암의 증식

속도가 빠르다고 적어 놨다.

　노인회장은 서류의 연결된 문장을 읽지 않고 박 노인의 얼굴을 쳐다봤다. 박 노인이 노인회장을 물끄러미 바라보다 입맛을 다셨다. 노인회장이 박 노인에게 이런 중요한 문제를 왜 알리지 않았냐고 물었다. 박 노인이 소리를 낮춰 심정을 토로했다.

　"나 혼자서 발버둥 쳐봐야 소용없을 것 같고 또 학문적 지식도 부족하여 소리 내지 못했어요."

　박 노인의 아쉬운 표정을 바라보며 노인회장이 위로하듯 말했다.

　"내가 힘닿는 데까지 한 번 해보겠습니다."

　박 노인이 씁쓰레한 미소를 지으며 노인회장을 바라봤다.

　"어디에다 부탁할 거예요?"

　노인회장이 그 뜻을 정확히 몰라 박 노인을 쳐다봤다. 박 노인이 바람소리를 내며 입을 열었다.

　"나도 우리지역 국회의원에게 건의를 했는데, 아무 답변도 듣지 못 했어요?"

노인회장이 알겠다는 듯 고개를 끄덕였다. 박 노인이 서류를 뒤적이더니 클립으로 묶인 두꺼운 서류를 보여준다.

"이게 그때 보낸 건의문이에요."

박 노인이 보낸 한 장의 건의문 아래 두꺼운 종이가 클립으로 묶여있다. 총천연색 국회의원 의정보고 홍보물이다. 네 겹으로 접힌 홍보물을 박 노인이 펼친다.

첫 장 첫머리는 국회의원 얼굴 사진과 함께 굵은 글자가 쓰였다.

－부산 영도구가 확 달라집니다.－

다음 장에도 좋은 말이 쏟아졌다.

－어느 한 곳도 소홀히 하지 않고 있습니다. ○○○이 더 열심히 뛰겠습니다.－

세 번째 장 상단에는 붉은 글씨로 썼다.

－국회감사 스타 선정. 국정감사 우수 국회의원 선정.－

박 노인이 힘없이 웃었다. 노인회장이 미소를 지으

며 박 노인에게 물었다.

"혹시 나에게 하고 싶은 말은 없습니까?"

박 노인이 손으로 얼굴을 쓰다듬었다.

"우리나라가 선진국이 되려면 국민들이 좀 더 치밀하고 치열해야 돼요."

박 노인이 힐끗 노인회장의 반응을 본다. 노인회장은 밝은 표정이다.

"특히 배운 사람들이 솔선해야 돼요. 거— 왜, 지식의 종점은 행동이라고 하지 않아요?"

박 노인은 겸연쩍은 웃음을 보이다가 잠시 기다리라며 손을 위로 내밀고 일어선다. 노인회 월례회 때 그렇게 날카롭던 강 할멈은 오늘 한 마디 말도 없이 미소와 다과를 대접했다.

"내가 좋아하는 사람의 책입니다. 수돗물에 관한 내용입니다. 한번 읽어보세요."

박 노인이 환하게 웃으며 책 한 권을 내민다. 노인회장이 두 손으로 책을 받아들고 제목을 소리 내어 읽었다.

─신(神)은 알고 있다.─

'선진국이 되려면 삶의 기준점을 높여야 한다.'는 박 노인의 말이 머리를 떠나지 않는다. 노인회장은 박 노인이 챙겨준 수돗물 설비보호제에 대한 자료를 정리하면서 박 노인의 씁쓰레한 표정이 떠올랐다. 인산염이 든 수돗물을 날마다 먹는 아파트 주민들을 보고 얼마나 안타까웠을까? 그런 안타까움이 말귀를 제대로 알아듣지도 못하는 강 할멈에게 여러 번 쏟아졌을 것이다.

"수돗물을 이대로 먹으면 안 돼요."

노인회장은 펜을 들었다.

새천년 아파트의 괴담 조사에 대한 과정을 적고 그에 대한 해결책을 요구할 수신처를 결정했다.

─정부합동 민원실, 국회의장, 감사원장, 청와대, 그리고 시민단체 한 곳─

내용은 똑같이 적었다. 노인회장은 마지막 건의사

항을 이렇게 적었다.

　－40년 동안 인산염 설비보호제 수돗물을 먹은 아파트 주민과 먹지 않은 주민의 건강상태와 평균수명을 비교 분석해 주십시오.－

　노인회장은 내년이 팔순이다. 진정서 마지막 문장 다음 빈 칸에 붉은 글씨로 당구장 표시를 하고 소원을 적었다.

　'내가 죽기 전에 답장을 바랍니다.'

　노인회장은 아파트 운영위원장에게 그 내용을 알려 수돗물에 인산염 설비보호제 투입을 중단시켰다. 그러나 40년간 인산염 설비보호제를 먹은 주민의 건강과 목숨은 봉래산 수호신(守護神)이 처리하도록 부탁했다.